어른이
되어

더 큰 혼란이
시작되었다

이다혜 지음

어른이
되어

더 큰 혼란이
시작되었다

현암사

감히 더 나은 미래를 상상하기 위하여

세상을 보는 눈이 한번 바뀌면, 이전으로는 돌아갈 수 없다. 여성주의가 내게 미친 영향이다. 『어른이 되어 더 큰 혼란이 시작되었다』를 낸 뒤 내가 꾸준히 관심을 갖고 글을 쓰는 분야는 여성의 글쓰기와 일하기인데, 관련해서 글을 쓰고 사람들을 만나 이야기하다 보면 가장 많이 받는 질문은 이것이다.

"나는 바뀌었는데, 주변의 사랑하는 사람들이 그대로라 힘듭니다. 그들을 어떻게 설득할까요?"

만능 열쇠가 있으면 좋을 텐데 불행히도 그렇지 않다. 사랑은 너무 자주 우리의 이성을 시험에 들게 한다. 가족, 연인, 친구, 하다못해 내가 오랜 시간 좋아한 영화나 소설도, 우리가 통하는 사이라고 생각했던 그 모두가 때로 나를 배신한다. 심지어 같은 목표와 방향성을 공유하는 이들과도 부딪힐 때가 있다. 말을 할수록 우리는 다르다는 사실을 발견한다.

우리는 상대를 설득하기 위해서 생각을 드러내는 글을 쓰고 말을 하지만, 그보다 더 중요하게는 나 자신을 확인하고 다잡기 위해 쓰고 말한다. 그 자체가 용기를 내는 행동이므로, 생각이 다른 이들을 한번에 이쪽으로 끌어오고 싶다는, 생각을 바꿔놓고 싶다는 유혹은 당연한 일이다. 하지만 논리와 원칙만으로 설득이 성공하는 법은 없다. 같은 상황에서도 완전히 다른 경험을 할 수 있으며, 같은 사건을 겪은 당사자의 입장을 공유한다 해도 생각이 다를 수 있다. 이런 때 우리는 배운 모든 방법을 쓴다. 괴로움을 호소한다. 공감을 불러일으키는 온갖 비유를 사용한다. 나를 이해시키기 위해 상대를 적극적으로 이해해본다. 통계 수치를 비롯한 자료를 가져온다. 감정을 자극하고 논리에 매달린다. 이 노력이 성공할 때도 있지만 매번 성공하는 것은 아니다. 그러면 다시 원론적 고뇌에 빠진다.

나만 참으면 되는 거 아닌가? 모르는 척 반쯤 눈

을 감고.

나는 이 책에 실은 글을 다른 누구를 생각하기에 앞서 나 자신을 위해 썼다. 내가 쓰는 글을 다른 누구도 읽지 않을지라도 나는 읽는다. 나는 나 자신의 말을 소중히 하는 첫 번째 독자가 된다. 생각은 내 머릿속에서 나와 글이 되면서 독립된 세계로 존재하기 시작한다. 나만 참으면 된다고 생각했던 많은 일을 떠올리며, 나는 괜찮지 않았음을 알았다. 동시에 여러 경험을 글로 정리한 뒤에야 나는 비로소 괜찮아졌다.

그렇게 글을 쓰고 말을 하니, 글과 말이 나와 생각이 비슷한 사람들을 발견했다. 그들과 이야기를 나누면서 생각이 같은 사람은 없다는 당연한 사실을 알았다. 판단이 끝났다고 느낀 사안들에 대해 새로운 지식을, 관점을 타인의 말과 글로 전달받았다. 내 말과 글 덕분에 나는 외롭지 않을 수 있게 되었다. 그러자 나와 생각이 다른 사람들을 향해서도 더 적극적으로 말할 수 있게 되었다.

나는 당신이 외롭지 않았으면 한다. 당신의 생각, 갈등, 경험, 고통을 나눌 이들이 당신 주변에 있었으면 한다. 당신이 신뢰하고 애정한 세계로부터 배신감을 느꼈을 때 무너진 세계의 벽 틈에서 새어 나오는 빛을 발견할 수 있기를 바란다. 그 빛 사이로 뻗어 나온 내민 손을 당신이 잡았으면 한다. 설득할 수 없는 주변 사람들을 설득하는 방법을 함께 고심할 동료 시민들의 존재를 믿었으면 한다. 지치지 않고 노력하는 과정에 존재할 수 있기를 바란다. 그리고 더 중요하게는, 우리가 손잡아야 할 다음 세대를 기억하자. 우리가 설령 이 세계의 마지막 생존자들이라 하더라도, 감히 더 나은 미래를 상상하고 계획할 수 있어야 한다. 우리가 같은 목표를 공유하는 서로를 알아보는 데 말과 글은 유용하고 아름다운 도구가 된다. 이 책이 내민 손을 당신이 잡았으면 한다.

마지막으로 덧붙일 말이 있다. 『어른이 되어 더 큰 혼란이 시작되었다』의 개정판을 내면서, 이전에 쓴 문장들을 다 뜯어고치려는 마음으로 원고를 들여다보았다. 문장 수정에는 끝이 없으니 말이다. 그런데 고작 5년이 지났을 뿐인데, 지금의 나는 쓸 수 없는 문장들로 버려진 과거의 내가 책 안에 있었다. 이 책에 실린 원고를 쓴 시기는 몇 년에 걸쳐 외할머니, 아버지, 어머니가 돌아가신 뒤였다. 동생이 결혼했고, 나는 혼자 살기 시작한지 얼마 안 된 때였다. 친구들은 결혼했고, 이혼했고, 재혼했고, 아이를 낳았고, 일을 그만두었고, 외국으로 떠났다. 생각해야 할 일이 많았고, 결정해야 할 일도 많았다. 그런 시절의 문장이라서, 하고 싶지만 할 수 없던 말을 욱여넣느라 지금의 내게는 없는 이상한 박력이 남아 있었다. 뜨거운 마음이 식기 전에 나누고 싶던 슬픔과 기쁨이 책에 담겼다. 그 마음이 당신에 닿기를 바란다.

2022년 4월
이다혜

나는 어쩌다 인생을 시작하기도 전에 회고하게 되었을까

내가 초등학교 때 장래 희망으로 가장 진지하게 써냈던 것은 노벨문학상 받기였다. 좋아하는 작가처럼 되고 싶다는 마음에서였다. 초등학교 4학년 때 담임이었던 안 선생님은, 수업 시간에 종종 자신이 좋아하는 소설책을 읽어주곤 했다. 이야기가 마음에 들면 나는 선생님에게 책 제목을 물었다. 그것이 1,500원 하던 범우 사르비아 문고의 『늪텃집 처녀』를 구입하게 된 계기였다. 그 책을 펼치면 맨 먼저 '이 책을 읽는 분에게'라는 옮긴이의 말이 나온다. 첫 문장은 이렇다.

셀마 라겔뢰프는 여성으로는 세계
최초로 노벨문학상을 받은 스웨덴이 낳은
세계적인 작가이다.

초등학교 때는 막연히 '나는 책을 좋아하니 책을
쓰면 되지 않을까' 생각한 게 전부였다. 게다가 내가
좋아한 책은 여자가 쓴 것이었고, 그 여자는 노벨문
학상을 받았다. 노벨문학상을 받고 싶다는 내 말에
아버지는 비관적인 말을 보탰는데, 그런 큰 상은 잘
하는 것만으로 되는 게 아니라 나라의 국력 같은 것
도 상관이 있어서 내가 아무리 열심히 해도 동등하
게 인정받지 못할 수 있다는 것이었다. 지금 생각해
보면 재미있다. 그게 아버지가 세계를 보는 방식이
었다. 자신의 의지와 그것을 꺾는 세계의 이야기가.
아버지는 나도, 그리고 세상 어떤 사람도 '여자인 것'
이 현실적으로 가장 큰 어려움이라는 말을 하지 않
았다. 그저, 나라가 작고 약한 것이 걱정이었다.

내가 가장 먼저 이름을 알고 좋아했던 작가가 여
성이었으므로, 나는 마침 여성인 김에 작가가 되고
싶었고, 그가 여성으로는 처음 받았다는 노벨문학상
을 받고 싶었다. 한국에서는 아무도 못 받았다니, 그

러면 내가 받으면 되지 않을까.

노벨문학상은 고사하고 소설가가 되겠다는 소원 자체도 곧 시들해졌다. 초등학교 때 소설을 써서 친구들에게 보여주기는 했지만 진로를 고민할 만큼 엄청난 호응을 얻은 적이 없었다. 그래도 계속 책 읽기는 좋아했고, 나이를 먹으면서 내가 '좋아해야 하는' 작가들에 대해 배우게 되었다. 좋아해야 하는, 혹은 따라야 하는, 경전으로 모셔야 하는. 아마도 소설과 가장 불화했던 시기가 그때였을 것이다. 그때의 이야기를 하기 전에, 다시 책장에서 『늪텃집 처녀』를 꺼내 읽는다. 옮긴이 홍경호의 '이 책을 읽는 분에게'는 이 단편을 이렇게 설명한다.

이 작품에서 버림받은 한 처녀의 순애는 소박한 젊은이로 하여금 그 영혼을 정화시키게 했으며 애정의 신비에 대해 새삼스럽게 눈을 뜨게 해주었고 그녀가 쓴 모든 작품의 기조를 이루고 있는 헌신적인 애정이라는 것이 차원 높게 숨겨져 다른 어느 작가도 감히 흉내 낼 수가 없었다.

더불어 라겔뢰프는 시골 여인들의 다정한 친구였다고, 스웨덴의 혼이었다고, 영원한 처녀였다고.

지금까지 뛰어난 성취를 이루었던 많은 여성들을 설명하듯이 말이다. 그땐 그런 표현이 최상의 수식어였다. 지금도 많은 사람들이 그렇게 생각한다는 것쯤은 알고 있다.

내가 읽은 것과 경험한 것, 배운 것, 느낀 것 사이에는 늘 이해할 수 없는 틈이 있었다. 아무도 그 차이를 가르쳐주지 않았다. 어쩌면 그것은 내가 여자인 것과 관련 있을지도 모른다는 생각이 든 것은 아주 오랜 시간이 지나고 나서였다.

책 읽기를 좋아했던 아버지와 어머니의 독서 취향은 어렸을 때 나에게 큰 영향을 미쳤다. 대체로 집에는 책이 있었고, 나는 세로쓰기로 된, 읽을 수 없는 한자가 빼곡한 그 책들을 읽으려고 노력했다. 애거사 크리스티의 『열 개의 인디언 인형』을 그렇게 읽었다. 아버지가 내 또래였을 때 좋아했다던 에밀리 브론테의 『폭풍의 언덕』도 읽었다. 내가 고등학생쯤 되었을 때 아버지는 내 이름을 어디에서 가져왔는지 설명해주며, '다혜'라는 이름이 나오는 소설책을 주었다. 나는 할리퀸 로맨스도 친구들이 아니라 엄마를 통해 알게 되었다. 나에게 권한 것은 아니었고, 어머니가 읽고 둔 책을 읽어본 게 시작이었다.

하지만 내가 부모님이 읽던 책을 따라 읽은 기억을 떠올리면, 대체로 이문열과 김용옥을 비롯한 중년 남성들의 글이 많았다. 나를 매혹시킨 것도 그들의 세계였다. 황석영. 이청준. 하지만 나는 어째서인지 한국어로 창작하는 작가들의 세계를 금방 떠나버렸다. 왜 떠나게 되었는지도 그때는 잘 몰랐다. 아버지는 젊어서 소설가가 되고 싶었던 사람이었기에 당연히 집에는 한국 남성 작가들의 소설이 많았다. 책 읽기를 좋아한다고 하면 다들 내가 '문청(문학 청년)' 시절을 보냈으리라 생각하지만, 한국 소설을 일정 정도 읽어야 문청이라면 나는 문청인 적이 단 한 번도 없다. 그 결과 오정희의 소설도 이십 대 후반에나 읽었다. 그나마 오정희는 읽었다.

내가 머릿속 서가에 한국 중년 남성을 들이지 않고 그 대신 들인 것은 (웃을 수도 있겠지만) 백인 중년 남성이었다.

그 전에 먼저 고백하고 싶은 것이 있다. 나는 중학교 때부터 국제 펜팔의 열렬한 팬이었다. 국제 펜

팔, 박물관에서 꺼낸 말로 들리겠지만 그거 맞다. 걸 스카우트를 통해서 친구를 사귀기도 했고, 언젠가는 잡지에서 주소를 얻은 적도 있었다. 전부 기억나지는 않지만 기회가 생기면 다 잡았다. 디어 ○○, 하우 두 유 두, 마이 네임 이즈 다혜 리, 아임 하이스쿨 스튜던트, 마이 하비 이즈 리딩 북스 앤 리스닝 투 뮤직…… 뭐 그런 말들. 그리고 그중 한 명과 꽤 오래 편지를 주고받았다. 이름은 잊어버렸지만, 캐나다의 노바스코샤에 살던 친구라는 것은 기억한다. 정기적으로 편지가 오갔고, 사진도 오갔다. 나는 사회과부도에서 노바스코샤를 찾아보았다. '에계, 너무 작아, 너무 구석에 있잖아. 여기는 어떻게 가지? 어떻게 이 먼 곳까지 편지가 오가는 거지?'라고 생각했던 극동의 고등학생이었다. 그 친구는 내가 책 읽기를 좋아한다는 사실을 알고는 몇 번인가 선물로 책을 보내주었다.

그때 '낸시 드루 시리즈' 중 몇 권을 받았다. "우리 같은 여자아이가 탐정으로 활약하는 이야기야. 너도 마음에 들 거야. 추리소설을 좋아한다고 했지?"

고등학교 2학년 여름방학, 전설적으로 더웠던 1994년에 나는 부모님을 졸라서 호주 시드니에서 2주를 보내는 어학연수를 가게 되었고, 그렇게 첫 해외 여행을 혼자 떠났다. 김포공항에서 말도 안 되게 긴 줄을 기다려서 비행기를 타고는 혼자 왜 그렇게 울었는지 지금은 도무지 알 수가 없지만, 그렇게 가서 한국에 번역되지 않은 책들이 그곳 서점에는 널려 있다는 걸 알게 되었다. 그리고 내가 갈 수 있는 모든 서점과 도서관, 서울 교보문고의 외서 코너에서 내가 가진 거의 전 재산이랄 돈을 썼다.

그때의 나는 소설이 아니면 읽지 않았으니 가히 이야기 중독이라고 할 수 있었다. 절반은 로맨스였고, 4분의 1은 미스터리였고, 나머지는 고전이었다. 나의 머릿속 서재를 차지한 백인 남성들. 존 어빙, 스콧 피츠제럴드, 고등학교 때 학원에서 읽게 했으며 역시 아버지가 선호하는 작가였던 헤밍웨이와 서머싯 몸. 도스토옙스키도 읽었다. 다 읽지는 않았지만.

나의 독서 유년기라고 부를 만한 시기는 아마도 1997년에서 1999년 사이, 독일 교포인 친구 집에서 자던 날, 새벽 일찍 일어나버린 그날, 친구 방에 있던 영어로 된 책들 사이에서 발견한 어느 이야기를 읽으면서 끝이 났다. 영어를 잘한다고 해봐야 모국어는 아니었고, 그 책도 술술 읽히는 편은 아니었다. 그러나 나는 그 이야기에 매달려 어쩔 줄 모르며 며칠을 보냈고, 어느 날 밤에는 읽다가 잠들었는데, 끝이 너무 궁금해서 다시 일어나 동이 터오는 것을 보면서 울며 마저 읽었다. 그 책은 밀란 쿤데라의 『참을 수 없는 존재의 가벼움』이었다. 그리고 더 큰 혼란이 시작되었다.

토마시라는 남자는 구제 불능의 바람둥이다. 테레자는 그를 운명이라 생각하고 사랑한다. 하지만 토마시는 끝끝내 다른 여자들과 보내는 시간을 버리지 못한다. 테레자를 사랑하는데도 그렇다. 토마시는 테레자를 위해, 누릴 수 있었던 안정된 생활을 떠난다. 나는 이 책을 완전히 토마시의 관점에서 읽고 있었다. 토마시가 더 넉넉한 생활을 누리며 의사로서의 소명에 충실할 수 있었던 기회를 자신이 앗은 것은 아닐까, 테레자는 걱정한다. 나도 같은 걱정을 하고 있었다.

나는 『참을 수 없는 존재의 가벼움』을 바람둥이 남성을 사랑한 여자의 이야기(그 남자가 끝내 바람을 피웠음에도 그를 원망하기보다 자신을 탓하는 게 익숙했던)로 읽기보다, 정치적 격동기에 동정심이 드는 여자를 사랑하는 바람에 더 좋은 삶을 기꺼이 포기한 남자의 이야기로 읽었다. 여자가 발목을 잡는구나. 테레자만 아니었다면 토마시는 이렇게 살지 않았을 텐데. 그럼에도 불구하고 사랑이 인간이라는 존재의 가벼움을, 지상에 발 딛게 하는구나.

　나의 인생은 시작도 하기 전에 벌써 회고를 사랑하게 되었다. 나는 끝나버린 것의 아름다움을 알게 되었다. 젊은 여자의 몸을 탐하는 것으로 삶의 찰나를 만끽하고 그것을 반성하는, 인생의 반환점을 지나 회고할 일만 남은 중년 남성으로서의 나 자신을 연민하는 정서에 중독되어 있었다. (여기서 나의 가장 큰 문제는 그런 남자들을 현실 세계에서도 좋아했다는 점이다. 나는 공식적으로 글 쓰는 남자와 음악 하는 남자를 정말로 싫어하는데 그건 당연히 내가 그들과 엮여 망한 역사가 있기 때문이다.) 백인 남성의 시점으로 세계를 바라보면, 세상에 하지 못할 모험이 없고, 원하지 못할 대상이 없으며, 이루지 못할 꿈이 없다. 일단 다 해버린 다음에 근사한 말로 경험을 치장하고 나 자신을 혐오하며 반성하면 되기 때문이다.
　경험하지 않고 원망하기보다 사고 치고 후회하는 게 나은 세계, 그것을 아름답게 보이게 하는 세계를 백인 남자들이 써낸 무수한 소설들에서 발견했다. 그리고 그것을 진심으로 사랑했다. 큰 그림을 그리는 세계를. 대의, 내가 태어난 이유가 되어주는 거

대한 숙명. 남자를 사랑하는 여자들의 운명은 대체로 그들의 소설에서…… 음, 아니, 잠깐. 남자를 사랑하는 여자 말고는 왜 작품 속에 없는 건데? 그냥 여자 어디 없어요?

여자를 찾습니다.

차례

3 **개정판 머리말** • 감히 더 나은 미래를 상상하기 위하여

8 **시작하는 말** • 나는 어쩌다 인생을 시작하기도 전에
회고하게 되었을까

21 최애 장르 다시 보기 • 범죄물의 팬인데 여자인 경우

33 창작의 재료 혹은 영혼에 대하여

39 죽거나 혹은 미치거나

45 너는 어느 편이냐 묻는 말에 대하여 • 혹은, 여자의
적은 여자라는 비웃음에 관하여

55 반성문

63 더하는 말 1 • 소녀들이여, 야망을 가져라

81 여주인공은 없다

91 타인의 고통

103 딸들의 시간

111 알바고양이의 휘발유를 둘러싼 모험

119 일하는 가난한 여성들

125 마마 돈 크라이

131 우리는 과거에 상상했던 미래에 도달한 것일까

141 나는 네가 살지 말아야 할 집을 알고 있다

147 마흔 살의 내가 스무살의 나에게

155 이어 읽기 • 괜찮냐고 묻고 싶은 당신에게

161 웃어요 웃어봐요 좋은 게 좋은 거죠

171 부엌에 선 여자들

181 화장실의 귀곡성

187 선택이라는 이데올로기

197 더하는 말 2 • 세상을 바꾸는 만 원

201 별 뜻 없이 하는 말

205 여성 독자는 이해합니다

215 우정에 관하여 • 친구라는 건 정말로 필요할까

225 가이드 없음, 전진 가능

229 당신은 그것이 기분 탓이라고 말했다

254 **끝맺는 말** • 당신이 이 책을 좋아했으면 좋겠다

최애 장르 다시 보기

●

범죄물의 팬인데 여자인 경우

만약 최면을 통해 모든 것을
기억해낸다면 그(모삼)는 잔인한 사실도
기억해낼 것이다. 그 변태 살인마는 수많은
여대생을 살해하면서도 강간은 하지 않은
것으로 알려졌었다. 그런데, 관팅만은
유일하게 머리털이 곤두설 정도의 잔인한
방법으로 강간했다는 사실을 말이다.
관팅은 그때 이미 모삼의 아이를 임신한
상태였고, 범인은 폭행을 한 뒤 살아
있는……. (후략)
──『사신의 술래잡기』, 마옌난 지음

미스터리와 공포 장르에서 여성에게 가장 흔히 마련되는 자리가 피해자의 것임은 이야기하기에도 새삼스럽다. 이런 경향은 현대 스릴러로 올수록 강해진다. 에드거 앨런 포와 아서 코난 도일, 애거사 크리스티, 엘러리 퀸으로 이어지던 클래식 미스터리의 분위기와는 사뭇 다르다. 클래식 미스터리에서는 사람을 죽이는 게 사건의 시작인데, 많은 경우 살인의 이유란 돈 아니면 사랑이었고, 20세기 초중반에 사랑이면 몰라도 돈과 명예는 대체로 남자에게 있었으므로 남자를 죽여야 했다. 죽음으로 '이득'을 보는 자는 누구인가? 그것이 탐정이 밟아야 할 첫 단계였다.

이성적인 수사력을 발휘하는 탐정들은 셜록 홈즈가 왓슨과 그랬듯 남성과 짝을 이뤄 사건을 해결해 나갔다. 그리고 남성 간의 '우애'는 지적인 공동체 같은 분위기를 풍기곤 해서 명석한 탐정일수록 연인이나 아내의 흔적 없이, 고독한 늑대 같은 캐릭터로 설정되곤 했다. 이 시기에는 한 명 혹은 두 명이 죽는 정도면 사건은 충분히 강렬했다. 『그리고 아무도 없었다』식의 연쇄살인마저도 가해자나 피해자의 성별은 중요하지 않았다.

그리고 시간이 흘렀다. 동기를 찾는 것이 범인을 찾는 가장 확실한 방법이던, 그래서 범인이 마련한 물리적이거나 심리적인 트릭을 푸는 것이 '절정'을 장식하던 시절은 흘러갔다.

이것은 정확히는 세부 장르의 차이다. 퍼즐 미스터리와 스릴러의 차이. 공포물이 아니어도 피 칠갑이 되는 소설이 흔해졌다. 20세기 말에 연쇄살인범이 공포물에서 스릴러물로 이동했다. 십 대들이 주말 동안 찾은 숲 속 오두막에서 무차별적으로 도끼나 전기톱을 휘두르던 미치광이 살인마는 이제 지능적이고 매끈한 사이코패스가 되었다. 살인 동기? 대체로 그 자리에 존재한 인간이니까 죽는다. 묻지 마 살인의 시대. 몇 명이고 끔찍하게 죽는 것을 전시하는 것이야말로 스릴러물에서 긴장을 조성하는 데 중요한 역할을 한다. 범인이 누구인지보다 그를 어떻게 멈추게 할지가 중요한 긴장을 만들어내는 시대. 『양들의 침묵』에서 렉터 박사가 탈옥을 위해 간수들을 물어뜯을 때, 〈추격자〉에서 영민이 화장실로 여자들을 끌어들일 때, 이미 그곳에 미스터리는 없다.

이런 시대적 변화와 더불어, 극중 여성들은 이전과 다른 방식으로 피해자 자리에 서게 되었다. 탐정(형사)의 여자 친구(아내)는 가장 끔찍한 방법으로 죽는다. 마엔난의 『사신의 술래잡기』를 읽다 궁금증이 생겼다. 왜 범인은 탐정(형사)이 아닌 그의 애인을 죽였을까? 그런 상황 전개는 어떤 역할을 하는가? 가장 큰 의혹은…… 혹시 남성 탐정(형사)의 각성을 위해, 혹은 더 큰 사건으로 끌어들이는 장치로 여자들이 희생되고 있지는 않은가? 탐정(형사)을 해치는 것보다 그의 연인 혹은 배우자를 해치는 것이 '결정적 한 방'으로 효과적이라면, 여성이 탐정 역인 경우에도 그들의 배우자나 연인에게 같은 끔찍한 살해 행위가 가해지는가? 특히, 강간이라는 범죄는 탐정(형사)과 그의 배우자 중 어느 쪽에 가해질까?

대중적인 호응이 있었던 범죄수사물 미드들을 살펴보면 배우자가 죽는 패턴(정확히는 아내가 죽는 패턴)이 제법 공고함을 알 수 있다. 〈멘탈리스트〉의 남자 주인공 패트릭 제인은 드라마 전체를 지배하고 있다고 해도 과언이 아닐 살인마 레드 존에 의해 아내와 딸을 잃었다. 아내와 딸의 복수를 하겠다는 동기가 이 시리즈를 시작하는 가장 큰 힘이 된다. 〈크리미널 마인드〉에서 FBI 행동분석팀 요원 하치는 일 중독으로 인해 이혼하고 가족과 떨어져 지내지만, 하치가 추적하던 연쇄살인범 보스턴 리퍼가 그의 전 부인을 찾아가 죽인다. 영화 〈세븐〉에서 명성이 자자했던 마지막 장면에서 누가 희생되었는지를 떠올려보라.

영화 〈분노의 질주: 더 익스트림〉을 보면, 주인공 돔을 범죄에 끌어들이기 위해 이용되는 여성은 그와 행복한 밀월을 보내는 중인 레티가 아니라, 레티가 죽은 줄 알았을 때 돔과 성관계를 가졌던 엘레나다. '가족'을 위해서라면 어떤 희생이든 무릅쓰는 돔을 위한 안성맞춤으로 아들을 안은 엘레나가 등장한다. 갓난아이를 안은 엘레나가 등장하자마자 나는 생각했다. 엘레나는 죽고, 아이는 돔과 레티가 키우는 결말이 되겠구나. 적당히 죄책감을 느낄 정도로 주인공을 자극해야 할 때 쓰이는 '여자 죽이기' 기술이다. 내 예상이 맞는지 틀리는지는 직접 영화를 보고 확인하시길.

〈CSI〉 시리즈를 보자. 어느 도시의 이야기든 이 시리즈는 '아내 없는 탐정' 이야기 그 자체다(모든 반장들에게 아내가 없는 상태에서 이야기가 시작되며, 어쩌다 화목한 가정의 가장으로 등장한 라스베이거스 팀의 러셀 반장은 결국 아내와 이혼한다). 라스베이거스 팀의 초대 반장인 그리섬은 부하인 세라와 연인 관계임이 내내 암시되는데, 세라는 시즌7 내내 살인을 저지르던 미니어처 킬러*에게 시즌7 최종화에서 납치된다. 범행 동기는 표백제에 대한 이상 반응이라고 하지만 이

사건은 그리섬과 세라의 관계가 노출되는 계기가 된다. 코믹 탐정물인 〈몽크〉에서도 몽크의 아내 트루디가 자동차 폭탄으로 살해됐고 그 죽음 때문에 몽크는 샌프란시스코 경찰국을 떠나 사립탐정으로 일하게 된다. 영화 〈존 윅〉 시리즈에서 주인공 존 윅의 아내는 처음부터 죽은 사람으로 등장한다. 존 윅에게 필요한 것은 클래식 카와 충직한 개 한 마리, 그리고 병으로 죽은 아내의 동영상뿐이다. 그런 설정만으로 존 윅은 비록 연필 하나로 목숨 여럿 빼앗는 숙련된 살인자(킬러)일지라도 속 깊고 진정성으로 똘똘 뭉친 순정남이 된다.

여성으로서 이 장르의 팬이 된다는 것은 시련이라고밖에 말할 수 없다. 운명을 함께할 여성 캐릭터를 찾는 것은 여성혐오에서 자유로운 한국 언론 기사를 읽는 것만큼이나 어렵다. 신원 미상의 시체 또는 언제 죽거나 구출될지 알 수 없는 감금된 여자 대신, 그저 남성 캐릭터의 연인이나 아내 역할에 감정이입을 해도 죽기는 매한가지다. 여성이 탐정(형사)

---

* 살인 현장을 그대로 미니어처로 만들어 그리섬 반장에게 보내서 붙은 별칭.

으로 중요한 역할을 맡은 경우는 다를까? 그에게 다행히 죽음은 찾아오지 않더라도 납치되거나 강간당할 확률이 높아진다. 알고 보니 매력적인 연인이 범인이거나 범인의 사주를 받은 인물이라는 설정도 드물지 않다.

〈CSI 라스베이거스〉에서 팀장까지 승진하는 여성 대원 캐서린이 바에서 술을 마시고 혼수상태가 되었다가 강간당한 뒤 깨어나는 에피소드가 있었다. 캐서린은 호텔 방에서 범인이 자신의 몸에 남겼을 흔적을 호텔 어메니티를 총동원해 수집한다. 무려 시즌23까지 방영된 뉴욕 성범죄 수사반의 이야기 〈로앤 오더 성범죄전담반〉에서 현재 반장인 여성 올리비아는 남자 운 없기로는 범죄 시리즈 중 최고로 꼽을 수 있다. 어머니가 강간을 당해 태어난 올리비아는 강간 피해자들에게 강하게 감정이입을 해서 사건을 그르치기 직전까지 가곤 한다. 잠입 수사를 하던 도중 강간 미수 사건의 피해자가 되는가 하면, 데이트했던 남성 요원이 사건을 배후에서 조종하다가 발각되는 식으로, 올리비아에게 접근하는 남자들이 범인이거나 그를 이용하려는 경우가 여러 번 있었다. 그중에서도 최악은 시즌14 최종화에서 연쇄강간범이자 연쇄살인범에게 납치된 사건이었다.

유독 드라마가 형사의 아내를 시리즈 중반에 죽이는 경향이 강하긴 하지만, 제임스 패터슨의 소설 '알렉스 크로스 시리즈'에서도 알렉스의 아내 마리아가 살해된 뒤 그 범인을 잡으려는 동기가 시리즈를 이끌고 간다. 물론 그럼에도 그는 재혼하고 세 번째 아이도 갖는다. 아, 게다가 대체로 아내를 잃은 범죄물 모두에서, 남자 주인공은 동료 여성이든 소개받은 여성이든 계속 썸을 타는 것으로 등장한다. 일밖에 몰라 결혼한 것도 기적으로 보이던 〈크리미널 마인드〉의 하치도, 아내와 딸의 시체를 발견한 충격으로 평범한 관계 자체가 불가능해 보이던 〈멘탈리스트〉의 패트릭도. 누굴 탓하자고 하는 말은 아니다.

《퍼블리셔스 위클리》의 칼럼니스트 조던 포스터는 크리미널엘리먼트닷컴(www.criminalelement.com)에 '죽은 아내 클럽'이라는 제목의 글을 영국판과 미국판으로 나누어 기고했다. "배우자들의 시체가 범죄 소설의 땅을 어지르고 있다"라며 성별을 떠나 탐정(형사)의 배우자가 죽은 소설들을 소개한다. 존 코널리의 '찰리 파커 시리즈', 피터 제임스의 '로이 그레이스 시리즈', P. D. 제임스의 '애덤 댈글리시 시리즈' 등이 언급되었다.

남편의 죽음이 언급되는 사례도 있지만 대체로 아내가 죽었고, 앞서 언급한 드라마들의 사례와 이어 생각하면 탐정(형사)의 아내를 위한 미스터리는 없다고 해도 과언이 아니다(조르주 심농의 '매그레 반장 시리즈' 정도가 있지만, 어쨌거나 현대 스릴러는 아니다). 그 예측 가능한 캐릭터 설정의 클리셰(고독한 늑대 같은 남자 주인공은 아내를 잃고 일중독이 되어 비열한 거리를 헤집고 다닌다)는 『나를 찾아줘』를 필두로 최근 영미권 미스터리에서 인기를 얻고 있는, 여성 주인공을 앞세운 여성 작가의 미스터리물에서 비로소 깨지게 된다.

〈차이나타운〉(1974)과 〈말타의 매〉(1941)에서 멀리멀리 떠나온 지금의 미스터리 트렌드는 거대한 악이 아니라 현실적인 악을 다룬다. 살롱닷컴(www. salon.com)에 '왜 오늘날 재미있는 범죄소설가들은 여성인가'를 기고한 로라 밀러는 여성 작가들의 범죄소설은 사립탐정이 등장하는 소설보다 훨씬 더 은밀하고 위험한 영역인 '가족, 결혼, 우정'을 다루고 있다고 지적했다(《미스테리아》 2호에 실린 'SPECIAL 나는 살인자와 결혼했다-가정 스릴러 혹은 칙 누아르의 유행' 참조. 그리고 재미있는 우연이겠지만 미스터리와 아무 관계 없는 앨리스 먼로의 소설집 중에는 『미움, 우정, 구애, 사랑,

결혼』이 있으며 이 다섯 단어는 가정 스릴러의 거의 전부라고 해도 과언이 아니다).

이 장르에서 범인은 누구인가만큼 중요한 미스터리는 '누가 죽는가'이고, 더 중요하게는 '누가 배신했느냐'이다. 그래서 『커져버린 사소한 거짓말』이나 『인 어 다크, 다크 우드』처럼 누가 죽었는지 자체가 미스터리가 되는 경우도 생긴다.

범죄를 통해 등장인물 누군가가 성장하게 된다면, 그것은 그 자신과 맞닥뜨리는 일이 되어야 하고, 당연히 연쇄살인사건이 필요하지 않으며, 어떤 배우자도 부당하게 희생될 필요는 없다. 그 과정에서 아내와 남편 중 어느 한 쪽이 어떤 식으로든 희생되어야 한다면, 글쎄, 클리셰는 잊어라. 죽어야 할 사람이 당연히 누군가의 아내이던 시절은 끝나야 한다. 최소한 범죄소설에서라도.

창작의 재료 혹은 영혼에 대하여

●

세로로 우뚝한 건물의 그림자, 위아래로 길쭉한 창문 앞의 속옷만 걸친 여자들. 에드워드 호퍼의 그림을 처음 봤던 때가 떠오른다. 그의 다른 작품들을 보고 싶었고 실물로 보고 싶어 안달이었다. 〈밤을 지새우는 사람들〉 같은 그림은, 과장을 좀 보태면 이 그림에 홀리지 않은 사람을 본 적이 없다.

소설가 조이스 캐럴 오츠의 말에 따르면, "미국적 고독의 낭만적인 이미지 가운데 가장 통렬하고 쉬지 않고 복제되는 작품". 올리비아 랭이 이 그림에 대한 휘트니 미술관의 가이드를 에세이 『외로운 도시』의 두 번째 장으로 옮길 때만 해도 나는 이 그림의 푸르고 희고 검은, 무표정한 어둠을 떠올리고 있었다. 직접 봤을 때 그림이 나에게 보여주던 빛을 떠올리며. 랭은 고독에 대해 말한다. "사람들이 외로워질수록 사회가 흘러가는 물길을 따라가는 숙련도가 점점 낮아진다." 혼자일 때 보살핌이 결여되므로 스트레스가 생기는 것인가, 아니면 혼자라는 감정 자체가 스트레스를 안기는 것인가. 에드워드 호퍼 작품의 열린 창, 텅 빈 벽 이미지에서 출발해 고독과 우울에 대해 말하던 랭은 그의 삶으로 방향을 튼다.

에드워드 호퍼 그림의 여자들은 어떤 공통점을 갖는가. 랭은 〈이창〉의 주인공이 자신의 아파트에서 엿볼 수 있는 다른 주민들 중 미스 론리하츠와 비슷하다고 말한다. "여성이라는 사실에 얽매이고 이룰 수 없는 외모 기준의 포로가 된, 갈수록 더 중독되고 나이 들수록 목이 졸릴 듯한 고독에 사로잡힌 것처럼 보이는 여자들." 그리고 에드워드의 여자가 소개된다. 조지핀 니비슨은 에드워드와 미술학교에서 함께 공부했다. 결혼했을 때 둘 다 사십 대 초반이었고 에드워드가 죽을 때까지 함께였으며, 결혼과 함께 조의 작품 활동은 거의 증발해버린다.

조는 남편의 살림을 도맡은 것뿐 아니라 1923년

이후 그의 작품들의 모델이 되었다. 조지핀의 경력을 멈추게 한 것이 헌신만은 아니었다. 아내를 모델로는 삼았지만 라이벌로는 허락하지 않았던 에드워드 호퍼는 "그림 그릴 여건을 제한하려고 매우 독창적이고도 악의적으로 행동했다". 올리비아에게 정말 재능이 있긴 했는지조차 판단이 불가능한 이유는 그의 작품 가운데 살아남은 것이 거의 없기 때문이다. 조는 에드워드와 자신의 작품을 휘트니 미술관에 기증했는데, 조가 세상을 떠난 뒤 미술관은 그 그림을 모두 폐기했다. 정말 실력이 없었을 수도 있지만, 어쨌든 우리는 그 사실을 확인할 수 없게 되었다.

〈밤을 지새우는 사람들〉이 그려지는 대목에 이르면, 그림 속 손에 잡힐 듯 느껴지는 고독의 인상이라는 게 어디에서 비롯하는지, "연결이 가장 필요한 바로 그 순간 연결을 금지하는" 감각이 무섭고도 아름다울 수 있었던 이유는 무엇인지, 그것이 누구의 헌신 혹은 희생을 필요로 했는지가 하나의 그림으로 완성된다. 에드워드 호퍼의 그림 앞에 설 기회가 다시 생기면 여전히 그에게 홀리겠지만, 전보다 더 많은 것을 보게 되리라.

『외로운 도시』가 뉴욕에서 활동한 예술가들에게

서 혼자 된다는 의미를 탐색한다면 『작가와 술』은 미국의 위대한 작가들, 스콧 피츠제럴드, 레이먼드 카버, 존 치버, 어니스트 헤밍웨이…… 아니, 노벨문학상을 수상한 여섯 명의 미국 작가 중 네 명이 술독에 빠져 살았다는 사실은 우연일까 필연일까를 묻는다. 올리비아 랭은 3년 새 펴낸 두 권의 책을 통해 창작의 비밀을, 아니 창작에 필요한 땔감의 부산물을, 혹은 창작자를 따라다니는 전설의 실체를 적어나간다.

술이라는 재료를 말하기 위해 랭은 『외로운 도시』에서와 다르게 미국의 여기저기를 여행하고 그곳의 풍경을 적어 내려간다(술이라는 것은 지역 특색과 떼려야 뗄 수 없다!). 제6장 〈남쪽으로〉에서 마이애미 상공으로 비행기가 들어서면서 어니스트 헤밍웨이, 스콧 피츠제럴드, 테네시 윌리엄스를 불러내는 순간들은 유려하고 재미있다. 올리비아 랭은 2017년 1월에 출간된 이 두 권의 에세이로 한국에 처음 소개됐는데, 한국에 미출간된 그의 첫 책 『강으로』가 버지니아 울프의 삶과 작품을 다룬 여행서라고 한다.* 좋은 작가가 뒤늦게 소개되는 일의 장점도 있는 것이

---

* 이 책은 이후 2018년 한국에서 출간되었다.(『강으로』, 현암사, 2018년)

다. 새로 쓰일 책을 기다리는 동시에 이미 쓰인 책이
번역 출간되기를 애타게 기다린다.

죽거나 혹은 미치거나

●

떠나고 싶어 하는 여자들이 있다. 대도시가 아닌 곳에 거주하는 여성을 남성 작가들이 그릴 때, 남자 주인공의 눈에 비친, 떠나고 싶어 하는 여자들의 모습에서 내가 느끼는 거북한 감정은 어쩌면 나 자신의 모습이 그 안에 투영되기 때문일 것이다. 대도시가 아닌 곳, 선진국이 아닌 곳의 여자들, 억압받는 여자들이 갖는 애처롭고 청승맞은 소망. 누군가(남자)의 호의에 기대지 않고는 벌어질 수 없는 탈출의 소망. 김승옥의 『무진기행』을 읽다가 가슴이 답답해진 것은 그 안에 등장하는 하인숙이라는 여성 때문이었다. 하인숙이라는 이름은 소개할 때(하인숙은 그 지역

학교 음악 선생이다) 등장하지만 화자인 윤희중이 하인숙을 설명할 때는 '여선생'이나 '여자'로 통칭된다. 내가 오싹한 기분을 느낀 것은 인숙의 이 말에서였다. "처음 뵈었을 때, 뭐랄까요, 서울 냄새가 난다고 할까요. 참 이상하죠?" 인숙은 이런저런 말로 그의 결혼 여부(했음)와 자녀 유무(없음)를 확인한 뒤 이렇게 묻는다. "앞으로 오빠라고 부를 테니까 절 서울로 데려가주시겠어요?"

나는 2000년에 사회생활을 시작했고, 서울에서 나고 자랐으며, 외가와 친가가 전부 서울이다. 나는 서울을 떠나 다른 지역에 정착하려던 적은 없었으나 다른 나라, 정확히는 미국이나 캐나다, 서유럽의 어느 나라에서 살아보고 싶었던 적은 제법 있었다. 인숙이 서울을 상상했듯이.

비혼 여성의 혼자살이를 취재한 『혼자 살아가기』에는 "연구 참여자 모두가 해외여행을 하지는 않았지만 대부분이 이를 원했다"라는 대목이 있다. 이 책을 보면 가진 것이 없으면 잃을 게 없다는 식으로, 그들은 해외 어딘가에서의 삶을, 그게 아니면 최소한 여행을 꿈꾸고 있다. 『무진기행』이 1964년 소설임을 생각하면, 그래서 내가 소설 속 무진에 사는 인숙이었다고 생각하면 나 역시 서울로 떠나고 싶었으리라.

인숙은 남자들이 어울리는 자리에 흔히 초대받는 '독신 여성'인데 희중과 그의 친구 조가 인숙에 대해 품평하듯 말하는 대목을 보면 어떤 식의 취급(대접이 아니다)을 받는지 짐작할 수 있다. 조는 고시에 패스하자마자 중매가 많이 들어온다며 이렇게 말한다. "도대체 여자들이 성기 하나를 밑천으로 해서 시집가보겠다는 고 배짱들이 괘씸하단 말야." 인숙도 그런 여자 중 하나라는 말이다.

희중이 인숙에 대해 똑똑해 보이더라고 말하자, 조는 "똑똑하기야 하지. 그렇지만 뒷조사를 해보았더니 집안이 너무 허술해. 그 여자가 여기서 죽는다고 해도 고향에서 그 여자를 데리러 올 사람 하나 변변하게 없거든". 그리고 그 여자를 어떻게 해보려고 했는데 실패했다고 말한다. 희중은 인숙과 섹스하는 데 성공한다. '성공'이라고 하는 이유는 그가 그 과정을 여자의 조바심을 빼앗았다고 묘사했던 세공된 언어 때문이다. "누군지가 자기의 손에서 칼을 빼앗아주지 않으면 상대편을 찌르고 말 듯한 절망을 느끼는 사람으로부터 칼을 빼앗듯이." 여자가 순순히 응하지는 않았지만 그것이야말로 여자가 원하던 것이었고 그는 그것을 알고 행해주었다는 말일 테다. 그 다음 문장은 이렇다. "그 여자는 처녀는 아니었다."

인숙은 희중과 떠나는 데 실패한다. 언젠가 떠날 수 있기는 할까? 지긋지긋하게 떠나고 싶은 곳에서 떠날 수 있는 궁극의 방법이 존재하기는 한다. 죽음이다. 인숙과 희중의 섹스가 있기 전, 우리는 전조와도 같은 장면을 마주한다. 물가에서 한 여자가 죽은 채 발견된다. 여기서 드는 의문은, 여자의 시체가 발견되자마자 다들 자살이라고 생각해버린다는 것이다. 희중은 순경에게 죽은 사람이 누구냐고 묻는데, 알고 보니 읍내에 있는 술집 여자였다. 초여름이 되면 반드시 몇 명씩 죽는다고 한다. 반드시 몇 명씩 죽는다. 마치 장마철에 비가 많이 내린다거나, 겨울에는 눈이 내리는 날도 있다는 듯이. 와중에 순경은 그 '계집애'가 아주 독살스러운 년이었다며 "저것도 별 수 없는 사람이었던 모양입니다"라는 논평까지 덧붙인다.

그러고 보면 기억해야 할 장면이 하나 더 있었다. 무진에 대한 기억을 불러낸 것은 마들렌 같은 것이 아니고, 희중이 '오늘 아침' 기차 역사에서 마주친 미친 여자였다. 얼굴도 예쁜 편이고(얼굴 품평은 미친 여자를 묘사할 때라고 빠지지 않는다), 옷도 맵시 있게 입은 여자가 왜 미쳤는지 구두닦이 아이들(이렇게 성별이 드러나지 않을 땐 다 남자를 설명할 때라고 우리는 경험을 통해 배웠다)은 이런저런 추정을 하고 있다. 공부를 많이 해서 돌았다, 남자한테 차여서 돌았다……. 와중에 나이가 든 여드름쟁이 구두닦이는 여자의 가슴을 손가락으로 집적거리고 여자는 비명을 지르고 있었다. 희중에게 그 여자가 불러일으킨 기억은, 어머니가 자신을 전쟁에 참전하지 않게 하려고 숨겨준 골방에서 수음을 하던 시간에 대한 것이었다. 어머니 때문에 오욕을 견뎠던 시간에 대한 한탄. 하지만 인숙이나 죽은 여자나 미친 여자나 어딘가 복사해 붙여 넣은 것 같은 인상으로『무진기행』희중 주변을 떠돈다.

소설 말미, '나'는 심한 부끄러움을 느꼈다고 했다. 자신이 무슨 행동을 했는지 모르지는 않는다는 말일 것이다. 다만 무진에서의 며칠을 쓴 이 소설을 읽으면서 나는, 무진의 안개 속에서 그가 경험한 것이 무엇이었을까, 그가 아무 말도 없이 떠난 뒤 인숙은 어떻게 되었을까를 자꾸만 생각한다. 굳이 그녀가 처녀는 아니었다고 적은 것이 희중의 마음의 짐을 가볍게 했을까를 쓰게 곱씹으면서.

너는 어느 편이냐 묻는 말에 대하여

●

혹은, 여자의 적은 여자라는 비웃음에 관하여

보수는 부패로 망하고 진보는 분열로 망한다. 그 렇다고 한다. 여자의 적은 여자라서 저희들끼리 싸우느라 진전이 없다. 그렇다고 한다.

그래서 오랫동안 듣기를, 문제가 있어도 우리 편의 것은 보아 넘길 줄 알아야 한단다. 그럼 대체 우리 편은 누구인지? 우리는 죽거나 죽여야 하는 전장에 있지 않다. 진영이라고 부를 것이 존재한다면 그것은 둘만 있지 않다(불행히도 대통령 선거철에는 선택지가 둘을 넘긴다고 느껴본 적이 없지만).

나는 대체로 나 자신의 편이며, 때때로 누군가와 힘을 합쳐 노력한다. 나는 늘 나 자신에게 돌아오며,

그 이후에 또 다른 사람들과 힘을 합치기도 한다. 살아 있는 동안 내가 속할 진영은 580곳 정도는 되지 않을까.

문제를 일으킨 사람이 여자면 꼭 이렇게 묻는 사람들이 있다.

저 여자에 대해 어떻게 생각해?

같은 정치적 의견(당연히 여성 문제를 포함한다)을 과격하게 표현하던 사람이 혐오 발언이나 문제 있는 언행을 하는 경우, 또 묻는 사람들이 있다.

저런 여자들 문제 있지 않아?

응, 당연히 문제 있다고 생각해. 저 사람이 한 행동은 문제 있다고 생각해.

여성의 적은 여자라고들 한다. 살아보니, 여자의 적은 여자인 경우도 있고 남자인 경우도 있다. 당연하다. 지구인 절반은 여자 아니면 남자다. 여자의 적이 여자라는 말이 통용된다는 것은, 그 직군(혹은 학교나 사회적 환경)에 여자가 압도적으로 많거나, 그 수의 많고 적음과 무관하게 여자들이 모여서 활동하는 환경인 경우 정도일 것이다. 아니면 여자가 극소수인 집단에서, 여자에게 할당되는 좋은 자리의 정원이 (암묵적으로라도) 극소수로 정해져 있을 경우다. 남성과 여성이 동등하게 일하는 환경이라면, 여성의 적은 여성이거나 남성이 되겠고, 반대로 남성의 적 역시 남성이거나 여성일 수밖에 없다.

길리언 플린이 쓴 동명의 소설을 원작으로 하는 데이비드 핀처 감독의 영화 〈나를 찾아줘〉를 극장에서 보고 나오는데 기분이 이상했다. 일단, 주말이었으므로 커플 관객이 대다수였는데, 어느 남자가 여자에게 떨리는 목소리로 물었다. "이 영화 왜 보자고 했어?"

스포일러 주의
여기부터는 〈나를 찾아줘〉의 결말을 언급할 예정이다.

책을 읽기 전에 영화를 먼저 본 나는, 에이미를 어떻게 받아들여야 하는지, 도통 소화를 시킬 수가 없었다. '행복한 미국 가정'의 표본 같았던 여성이 결혼 5주년 기념일에 사라진 뒤, 수많은 스릴러물과 드라마에서와 마찬가지로, 불행으로 점철된 생활이 모습을 드러낸다. 남편은 젊은 여자와 바람을 피우고 있고, 부부는 맨해튼에서의 멋진 직업을 잃었으며,

아내는 나고 자란 뉴욕을 떠나 남편의 고향으로 이주해 친구 하나 없이 살아왔는데, 여자의 일기를 보니…… 뭐라고! 아이를 잃었다고! 남편은 아이를 원치 않는다고! 뭐라고! 저 남편! 남편을 잡아라!

아내인 에이미의 일기는 그림 같던 부부의 삶이 가식으로 가득한 것임을 폭로했다. 그런데 알고 보니 에이미는 뜻대로 상황을 조작하기 위해 일기를 거짓으로 써왔다. 이제 억울한 것은 남편인 닉 쪽이다. 악마 같은 여자의 마수에 휘말려 이제는 평생 도망도 가지 못할 닉. 영화는 에이미라는 인물의 특이성을 설명하는 데 많은 시간과 분량을 할애하는데, 호감이라고는 생기지 않는 여성-악당 캐릭터를 생생하게 구현한 의도를 어떻게 받아들여야 할지 모르겠다고 생각했다. 나도 모르게 '여자=같은 편'이라는 생각에 사로잡혀 있었고, 좋아할 구석이라고는 없는 여자가 대대적으로 전시된 방식에 내내 토할 것 같았다. 에이미는 유산한 것처럼 꾸미고 강간당한 것처럼 꾸민다. 여성성을 십분 활용해 남자들을 휘두른다. 심지어 에이미는 다른 여성들을 판단하기도 좋아한다. 남자들이 하는 방식으로 여자들을 비판하고 욕한다.

소설 『나를 찾아줘』를 읽으면서 나는 닉도 싫어하게 되었지만 에이미는 더 싫어하게 되었다. 길리언 플린, 나에게 왜 이랬어요. 모든 등장인물을 싫어만 하면서 이 두꺼운 책을 끝까지 읽게 만들다니.

소설 쪽은 닉의 심리를 더 자세하게 말한다. 트집을 잡아 비난하기를 취미 삼았던 아버지 때문에 온 가족이 상처를 받아왔는데, 이런 가정환경에서 닉은 '권위에 자동적으로 아첨하는 놈'으로 성장한다. 그는 미주리 출신인 자신을 주눅 들게 하는 에이미와 처갓집 식구들도 별로 좋아하지 않았다. 에이미는 닉과의 섹스가 좋았다는 말이라도 했지, 닉이 에이미만큼 둘의 섹스를 즐기고 또 특별하게 생각했는지는 잘 드러나지 않는다.

무엇보다도 닉은 에이미의 돈이 주는 모든 달콤함을 즐기면서 그것을 인정하지조차 못하는 사람이다. 그의 신용카드 대금 결제계좌는 아내의 것이지만 명시적으로 아내의 돈은 아내의 것일 뿐이라는 말을 반복하며 "당신같이 걱정 없이 자란 사람은 몰라" 같은 말을 즐겨 한다. (금수저 vs 금수저 배우자. 여자 쪽 부모님 돈으로 여유 있게 살기는 둘 다 매한가지인데 왜들 그러는지.) 아내 곁을 떠나지 않을 핑계까지 아내가 만들어주어야 하는 사람이다. 가장 상징적인 사건으로 두 사람이 섹스 없이 아이를 임신하는 결말이 기다리고 있다. 둘 사이에 미래라고 부를 만한 것이 있다면 둘의 사적으로 원만한 관계나 서로에 대한 신뢰와는 관련이 없으리라. 사건을 주도적으로 이끌기보다는 억지로 끌려다니는 쪽이 적성에 맞는 닉이라는 캐릭터는 에이미보다 더 나 자신과 닮은데가 있었고 책으로 읽으니 또 토할 것 같은 심정이 되었다.

닉은 성장 과정에서 아버지가 이년 저년 하는 욕설에 노출되어 자랐는데, 성인이 된 그 역시 스트레스를 받으면 겉으로는 말하지 않아도 속으로 욕설을 되새긴다. 반대로 에이미는 서로를 변함없이 사랑하는 부모님 밑에서 자랐지만, 욕은 잘 하지 않았어도 이 여자 저 여자 비뚤어지게 바라보고 비판하는 게 일이다. 여성혐오를 하는 남자 vs 여성혐오를 하는 여자. 그 결과 에이미는 자기가 비난하던 여자들과 같아지고, 닉은 자신이 가장 혐오하는 여자로부터 영원히 벗어날 수 없게 되어버린다. 왜냐하면 에이미가 '이야기를 지배하는 자'이며 역사는 승자의 기록이기 때문이다. 그런 의미에서, 에이미는 둘 사이의 서사를 지배하고 있다. 둘 사이에 벌어진 일이든 벌어지지 않은 일이든, 그 모든 공식적인 사실관계의 인정은 에이미를 통해서만 가능한 것이다.

그리고 뒤늦게 깨닫기를, 나는 에이미의 편이거나 그렇지 않기를 선택할 필요가 없다. 이것은 하나의 재미있는 이야기이며, 록산 게이가 『나쁜 페미니스트』에서 말했듯이 "에이미는 남자가 원하는 여자, 사람들이 좋아하는 여자가 되고 싶은 유혹이 무엇인지 그 실체를 분석한다" 그리고 "자기 자신이 된다". 같은 여자가 여자라는 것을 이용해 세상 나쁜 짓을 전부 저질렀다. 그런 사람도 있는 것이다. 여자가 주인공이면서 사건을 지배하는 악당 캐릭터인 픽션을 보기 드문 나머지, 나는 여기에서조차 나랑 같은 성별인 사람이 저렇게 굴어서는 곤란하다는 생각을 해버리고 말았다.

여자인 내가 『나를 찾아줘』를 즐겼다고 해서 에이미의 행동에 동의한다는 뜻은 아니다. 남자인 시청자가 〈덱스터〉를 즐겼다고 해서 덱스터의 행동을 옹호하는 것은 아니듯이. 여성을 대표하는 단 한 명의 여성은 있을 수 없다.

지금까지 많은 창작물에서 주도적인 캐릭터들이

남성이었기 때문에 남성 관객들이 당연하게 누려왔던, 캐릭터와 나 자신을 일치시키지 않으면서도 온갖 악행과 모험, 파국을 즐겨왔던 일을 나는 이제야 시작하는 모양이다.

추신

기혼자인 친구들과 『나를 찾아줘』에 대해 말하면서 가장 주목한 것은, 만일 에이미와 닉 부부가 경제적인 위기에 처하지 않았더라도 같은 일을 겪었을지에 대해서였다. 여성이든 남성이든 모두, 아닐 가능성이 높다고 결론 내렸다. 『나를 찾아줘』는 부부 관계에 대한 메타포로 읽히기도 하지만(가정의 보스는 아내이며, 아내는 남편이 숨기고자 하는 모든 것을 알고 있으며, 웬만한 악행은 그저 눈감아주고 있을 뿐이라는 식의 농담 반 진담 반인 이야기), IMF 금융 위기와 2008년 미국발 금융 위기를 겪으며 성장한 나와 또래 친구들은 돈이 가정에 미치는 파급효과를 예민하게 받아들였다.

돈으로 행복을 살 수는 없다. 하지만 돈이 없으면 높은 확률로 일상적인 불행을 겪게 된다. 닉이 이혼을 하려고 든다면 아내에게서 빌린 바 창업 자금을 돌려주어야 할 테고, 아이의 양육비도 내야 할 판이다. 하지만 그들이 맨해튼에서의 삶을 유지할 수 있었다면? 그것은 뉴욕과 미주리라는 지역 문제를 떠나, 맨해튼에서 살며 브루클린의 마당 딸린 주택을 유지할 비용을 감당할 수 있을 정도의 재력을 뜻한다. 그랬다면 닉이 스트레스 상황에 처해 자기 자신이 싫어하는 모습을 발견하는 위기도 훨씬 나중에 찾아왔을 가능성이 높다고 생각한다. 경제적 여유가 있었다면 이해해줄 수 있있던 각자의 공간과 시간이, 돈이 없기 때문에 사라져버리는 일을 자주 목격하게 된다.

반성문

여고 시절, 반장과 날라리를 차별하지 않고 고루 폭력을 행사하던 물리 선생님이 계셨다. 무섭거나 말거나, 우리는 공부하기 싫은 날이면 "무서운 얘기 해주세요"와 "야한 얘기 해주세요"를 연호하며 단 몇 분이라도 땡땡이를 쳐보고자 몸부림을 쳤다. 늘 우리 말을 무시하고 수업을 하던 선생님이었는데, 어느 날 "첫날밤 얘기 해주세요"라는 말에는 응답을 하셨다. 선생님이 다짜고짜 말했다. "내가 끼웠더니 너무 굵다며 아프다고 하더라고." 교실은

충격의 도가니가 되었다. 수업하지 말자는
뜻이었지 정말 이런 얘기를 해달라는 말은
아니었다고 말하고 싶었지만, 다들 벌게진
얼굴로 고개를 떨구고 어쩔 줄을 몰랐다.
우리를 바라보던 선생님은 혀를 끌끌
찼다. "반지 말이야, 반지. 교과서나 펴!"
우린 다시는 물리 선생님에게 야한 얘기를
해달라고 조르지 않았다.

── 2007년 11월《한겨레》'이다혜의 재밌게 읽자' 중
　요네하라 마리의『유머의 공식』에 대해 쓴 칼럼

　폭력인 줄 몰랐어요. 뒤늦게 성범죄 사실을 고발
할 때, "왜 그 당시에 문제 제기를 하지 않았느냐"는
질문에 저 대답밖에 할 수 없는 경우가 있다. 다들 궁
금해한다. 아니, 주먹으로 맞으면 알잖아. 발로 차이
면 알잖아. 바로 깨닫지 못해도 폭력이기는 한 건가?
아니, 그때는 자기도 좋다고 하다가 왜 이제 와서 난
리지? 하지만 정말 모를 수도 있다. 성폭력과 관련해
서 여성과 남성 모두 교육이 필요한 이유는 나 자신
이 과거에 쓴 글만 봐도 알 수 있다.
　저 칼럼을 썼던 2007년에 나는 법적으로 성인이
되고도 10년쯤 시간이 흐른 뒤였다(변명의 여지가 없

다는 뜻이다). 나는 최근에야 2007년에 쓴 저 원고를 떠올렸고 큰 수치심을 느끼며 반성했는데, 저 때는 몰랐지만, 나는 내가 쓰는 말을 제대로 알고 있었어야 했다. "야한 얘기 해주세요!"라고 수업을 듣기 싫은 학생들이 입을 모아 외치는 것과 성인이 듣기에도 움찔할 말을 여자 고등학생들을 대상으로 성인 남성인 선생이 하는 것은 완전히 다른 이야기다.

저 원고의 문제는 그게 다가 아니다. 학생을 대상으로 폭력을 자주 휘두르던 물리 교사를 재미있는 무용담의 등장인물처럼 그렸다는 점도 간과하기 어렵다. 물론 물리 교사가 저런 성적 농담을 던졌을 때 우리가 불쾌하게 여겼다고 해도 상황은 달라지지 않았을 것이다. 역시 다들 웃어넘겼으리라는 말이다. 우리는 그가 얼마나 자기 기분에 따라 행동하고 학생들을 발로 차는지 알고 있었다. 해묵은 반성문을 쓰기 위해 저 글을 다시 읽으면서 시종일관 끔찍한 기분을 느꼈다.

내가 다닌 고등학교의 재단에는 상업고등학교와 인문계 고등학교, 중학교(모두 여자 학교들이다)가 속해 있었다. 나는 그중 인문계 여자고등학교를 다녔는데, 어느 날 담임이 이런 얘기를 했다. 학교 선생님들과 관련해서 할 얘기가 있으면 꼭 학교에 먼저 하라는 말이었다. 그게 무슨 말인지 다들 이해를 못하자, 담임은 어쩔 수 없이 상황을 설명했다. 같은 재단 중학교의 재학생이 구청에 선생님을 신고했다. 선생님이 학생을 불러 음란물을 보여줬다는 이유였다. 즉, 담임은 그런 문제가 생길 경우에는 외부보다 학교에 먼저 알리라는 말이었다. 우리는 쉬는 시간에 모여 수군거렸다. 학교에 말하면 덮으려는 거겠지. 그렇게 말하는 순간에도 우리는 '음란물'이 뭔지조차 정확히 모르고 있었다. 학교에서 친구들끼리 돌려 보던 할리퀸 로맨스 정도로는 대체 뭐가 어떻게 되어야 음란한 것인지 이해할 수가 없었다. "그녀는 절정에 올라 허리가 활처럼 휘어졌다" 같은 문장을 보고 대체 절정은 무엇이며 허리는 왜 활처럼 휘는 것인지 상상력이 턱없이 부족했다.

물리 교사의 농담을 들은 직후에도, 사실 무슨 말인지 정확히 이해는 못했지만 아는 척하며 웃었던 것 같고(야한 것 같은 농담을 들으면 분위기를 봐서 이해한 척 웃는 게 있어 보인다고 생각했었다), 나중에 그 농담을 원고에 쓰면서도 그저 책에 나온 유머의 방법론 중 하나와 절묘하게 맞아떨어진다(『유머의 공식』에 따르면 '기대된 상황 비껴가기')고 생각한 게 전부였다. 미성년자인 학생들을 대상으로 하기엔 저열한 농담을 들었고 그것에 항의했어야 했다는 생각은 한참 늦게야 깨달았다. 그 당시 나는 정확히 이해를 못해서 불쾌하지조차 않았는데, 농담을 알아들은 학생들이 있었던 모양이다. 물리 선생이 알아듣는 애들이 있다며 한심하다는 투로 몇 마디 더 했던 기억이 있는 걸 보면 말이다.

정확한 뜻은 모르지만 분위기상 넘어갔던 말이 알고 보니 문제가 있었다면 나중에라도 문제 제기를 하는 게 잘못일까? 들은 사람들이 당시에는 웃어넘겼던 '야한 농담' 정도를 나중에까지 문제 삼는 건 너무 가혹하지 않은가 묻는다면, 나는 오히려 왜 성과 관련된 일에만 이렇게 너그러운가 묻고 싶어진다.

폭력을 인지하지 못하는 대상에게 가하는 폭력이라면 괜찮은가? 사랑이라는 이름으로 행해진 연인 간의, 부부 간의, 스승과 제자 간의, 부모와 자식 간의 폭력이 옳지 않음을 인지한 뒤 이루어진 문제 제기를 우리는 어떻게 받아들여야 할까? 상대의 무지를 이용해, 혹은 호의를 남용해 폭력을 가하는 행위는 어떤 방식이든 용납되어서는 안 된다.

물리 선생의 농담에 내가 뒤늦게 이렇게까지 분

노하는 이유는, 그가 분명 우리가 졸업한 뒤에도 그 농담을 써먹었으리라 생각하기 때문이다. 학생들을 대상으로 한 물리적 폭력과 마찬가지로.

이런 사례에 소환하자니 요네하라 마리에게 못내 미안해진다.

요네하라 마리는 1950년에 태어난 러시아어 동시통역사인 동시에 에세이스트였다. 프라하의 소비에트 학교에서 학창 시절을 보낸 그는 일본으로 돌아와 냉전이 심화되고, 나아가 종식되던 기념비적인 시대에 동시통역사로 살았다. 판이하게 다른 두 언어로, 전혀 다른 이익을 추구하는 두 나라의 정치 관료들이 소통하게 하는 일을 했던 그는 이른바 사교계의 예절에 대해, 국경을 넘나드는 유머에 대해 훤히 꿰고 있을 수밖에 없었다. 그리고 그런 삶에서 건진 소소한 에피소드가 글로 엮이고 책이 되었다. 『프라하의 소녀시대』, 『마녀의 한 다스』를 필두로, 한국에서도 저작들이 잇달아 번역되었고 또한 사랑받았다.

요네하라 마리는 교양의 신이다. 큰물에서 놀아봤기 때문에 나오는 호방함이 있지만 잘난 척하지 않는다. 그래서 그의 책을 읽고 나면 누군가에게 들려주고 싶어진다. 맛집 전성시대에 만나는 음식의 사생활과 족보학을 담은 『미식견문록』, 고양이 5마리, 개 2마리, 사람 2명, 금붕어 2마리가 함께 이사하던 날의 풍경을 들려주는 대목에서 슬프고 즐거워지는 『인간 수컷은 필요 없어』, "쾌락을 위한 섹스를 전면 부정한 『성욕론』을 쓴 레프 톨스토이는 여러 여성 농노들을 상대로 마음껏 욕구를 채웠다" 같은 시니컬한 코멘트가 등장하는 『속담 인류학』을 비롯해, 요네하라 마리는 그야말로 모든 것에 대한 에세이를 쉬지 않고 써냈다. 2006년 56살에 난소암으로 세상을 떠났지만 죽기 1주일 전까지 서평을 썼고, 그 글은 『대단한 책』으로 묶였다. 언어와 언어 사이, 문화와 문화 사이에서 평생을 살고 생각한 요네하라 마리의 글을 읽다 보면, 대화가 통한다는 것은 곧 듣고자 하는 사려 깊은 자세라는 사실을 알 수 있다. 편견 없는 호기심으로 귀를 기울인다는 것은 얼마나 어려운 일인가.

더하는 말 1

●

소녀들이여, 야망을 가져라

여자고등학교 3학년 학생들을 대상으로 강연을 한 적이 몇 번 있다. 원래는 영화 보기와 책 읽기, 문화 전반에 대한 이야기를 염두에 두고 준비했지만, 이때 마침 성인을 대상으로 버지니아 울프의 『자기만의 방』 강독 수업을 준비 중이었던 데다가, 그 학생들이 진학이나 취업을 위해 성인으로 세상에 나온다는 점을 감안해 이야기의 방향을 조금 바꾸었다. 겨울방학 직전의 고등학교 3학년을 대상으로 한 강연이라는 것은 자기소개를 하기도 전에 이미 엎드려 잠을 자는 학생들을 향해 이야기하기를 의미한다. (나도 그때 학교에서 뭘 하든 자는 게 제일 좋았으므로 "떠들지만 말아달라"라고 부탁했다.) 그럼에도 언제나 몇 명의 학생은 주의 깊게 내 말을 들어주었다. 나는 교복을 입던 시기의 나에게 아무도 해주지 않았지만 이후 오랫동안 가장 필요했다고 생각한 것들을 중점적으로 이야기했다.

다음의 글은 강연 때 한 이야기에 살을 붙여 정리한 것이다. 강연으로 만나지 못한 다른 많은 분들께도 전해졌으면 한다.

✳

졸업을 앞둔 여러분에게 '영화와 책을 통해 취향을 만들어가는 법'에 대해 말하려고 여러 가지를 생각해보았습니다. 가장 먼저 떠오른 건 제가 여러분의 나이였을 때 본 영화였어요. 왕가위 감독의 〈중경삼림〉이라는 영화가 고등학교 3학년 때 개봉했는데 몇 번이고 보러 갔던 기억. 시내에 있는 극장에 가기 위해 야간 자율 학습을 빠지겠다고 담임 선생님에게 말하러 갔던 일. 그런데 여러분이 태어나기도 전의 일을 길게 이야기하는 건 좋지 않다는 생각이 들었습니다. 취향을 만들어간다는 멋진 일을 시작하기 전에 먼저 안경을 고쳐 쓰고 세상을 보는 눈을 수정해야 하는 건 아닐까, 혹은 앞으로 쓰게 될 안경에 대해 미리 말해야 하는 것은 아닐까 싶었습니다. 여러분은 피할 수 없는 대중문화의 소비자가 될 것이고, 어쩌면 생산자가 될 것입니다. 그 과정에서 먼저 알아두어야 할 것이 있습니다.

오늘 제가 드리고 싶은 이야기는 크게 두 부분으로 나뉩니다. 하나는 대중문화를 경험하는 과정에서 알아두어야 할 것, 다른 하나는 앞으로 3년 내에 여러분이 꼭 해보았으면 하는 것 세 가지입니다. 첫 번째 이야기를 먼저 하겠습니다.

고등학교를 떠나면 여러분은 이 세상에서 가장 어린 성인 여성이 됩니다. 화장을 하면서 눈치 볼 필요가 없고, 애인을 만들거나, 아르바이트, 투표도 할 수 있게 됩니다. 지금까지 경험했던 것보다 행동반경이 더 넓어질 것이고, 같은 동네에 살지 않는 사람들과 만나게 될 거예요. 그리고 인터넷과 잡지를 통해 무수한 '해야 할 것'과 '하지 말아야 할 것'을 듣고 보게 됩니다.

'남자들이 좋아하는 스타일링'에 대한 조언은 지구가 멸망할 때까지 여성을 설득하리라 생각합니다. 밤길은 위험하니 조심하라는 주의도 마찬가지겠지요. 행동반경이 넓어질수록, 여러분은 해야 할 것과 하지 말아야 할 것이 남자와 여자 사이에 다르게 주어진다는 사실을 눈치챌지도 모릅니다.

예를 들자면, 저는 언젠가 여자인 지인에게 낯선 사람들과 밤늦게까지 술을 마실 때는 조심하라고 말한 적이 있습니다. 제 딴에는 현실적인 조언이었어요. 술에 취한 여자는 나이와 상관없이 성적 폭력을 당하기 쉬우니까요. 그때 그 지인이 되물었습니다. 왜 남자들은 해도 되는 것을 여자에게는 하지 말라고 하느냐고요. 낯선 사람과 어울릴 때 남자들은 하지 않아도 되는 고민을 여자는 해야 한다고 전제하는 것은 옳지 않다고요. 그 말이 맞습니다. 남성이 여성을 폭행했을 때, 사회는 여성에게 조심했어야 한다고 말합니다. 하지만 폭력 사건에서 비난받아야 하는 쪽은 피해자가 아니라 가해자입니다. 그 사실은 터무니없이 쉽게 잊혀집니다. 조심하라는 말을 (잠재적) 가해자가 아니라 (잠재적) 피해자에게 강조하는 일은, (잠재적) 피해자인 여성의 행동반경을 좁힙니다. 위험을 무릅쓰고 무엇이든 경험하라는 말이 아닙니다. 당연하다는 듯이 여성에게만 주어지는 주의 사항들에 대해 의문을 갖고자 합니다. 그리고 그것은 영화나 책, TV 드라마를 볼 때도 해당됩니다.

여러분이 지금까지 접했던 일상의 풍경과 대중문화는 (앞으로 접할 그것들과 마찬가지로) 대체로 남성의 시선에서 만들어졌습니다.

새 스마트폰 개통을 위해 통신사 대리점에 들어갈 때 이상하다고 느낀 적 없으신가요? 가게 유리문에는 실물 크기의 여자 모델(대체로 현재 가장 인기 있는 여자 아이돌) 스티커가 붙어 있습니다. 여자들은 때로 엉덩이를 옆으로 빼고 뒤를 돌아보거나 쪼그리고 앉아 있는데 언제나 핫팬츠 차림입니다. 친구나 동료들과 맥주 한잔하러 술집에 가보면, 술집 앞에는 또 사람 크기의 여자 모델(역시 현재 가장 인기 있는 여자 아이돌이나 배우) 입간판이 줄지어 있습니다. 제가 가는 은행에도 서 있습니다. 혹독할 정도의 포토샵으로 완벽하게 보정된 여자들은 여기, 저기, 거기에 서 있습니다. 누구를 위한 광고일까요? 핸드폰도, 술도, 은행도 특정 성별만 이용하는 것은 아니지만 마치 그런 것처럼 타겟팅하여 광고합니다.

영화는 어떤가요? 10년 전 어느 여성 제작자는 여자가 주인공인 누아르 영화를 만들려고 했는데 제작비를 구하기 어려워 매번 무산된다는 이야기를 들려주었습니다. 여자가 중심인, 여자들이 나오는 영화는 꽃미남이 연인(또는 썸남)으로 등장하는 로맨틱 코미디가 아니고는 다 망한다는 이야기를 아주 오랫동안 들어왔습니다. 여성이 주요 관객층이지 않느냐, 그러니 여자들이 주인공인 영화가 잘되지 않겠느냐 물으면 돌아오는 말은, 여성이 주요 관객층인데 여자는 꽃미남만 좋아하고 여자 배우에게는 큰 관심을 기울이지 않는다는 것이었습니다.

〈늑대의 유혹〉 같은 영화를 예로 들며, 꽃미남(그 영화의 경우는 강동원이겠죠)이 평범한 여자(이청아 씨 죄송합니다)를 만나 사랑에 빠지는 내용이며 특히 거기에 삼각관계로 제2 꽃미남(조한선입니다)이 등장하는 그런 이야기면 적당하다고요. 여자 주인공이 예쁘면 여자 관객이 질투해서 몰입도가 떨어진다고 했습니다. 남성 관객을 주요 타깃으로 하는 영화에서 노출 심한 옷을 입은 섹시한 여성 배우를 내보낸다면, 여성 관객을 주요 타깃으로 하는 영화는 평범한 여성 배우를 내세우는 게 좋다고. 저는 그 말을 듣고 즉시 따지지 못한 일을 지금도 후회합니다. 남성 관객들이 〈신세계〉, 〈무간도〉 같은 영화를 보며 잘생기고 멋진 주인공의 활약에 감정이입을 하고, 영화관을 나오며 대사를 따라 하는 일을, 왜 여자는 하지 못한다고 생각할까요? 여성 관객들은 질투 말고는 할 줄 아는 게 없을까요?

그 말을 처음 들었을 때는 애석하게도 예로 들 만한 여성 중심의 영화가 많지 않았습니다. 하지만 시간이 흐르고, 영화가 여성을 대하는 태도도 약간은 나아졌습니다. 〈매드맥스: 분노의 도로〉의 샬리즈 시어런과 로지 헌팅턴 화이틀리를 말하고 싶습니다. 〈비밀은 없다〉의 손예진도 생각납니다. 〈캐럴〉의 케이트 블란쳇을 떠올립니다. 〈아가씨〉의 김민희와 김태리를 빼놓지 않겠습니다. 이 배우들은 대단한 연기를 보여주고, 또한 아름답습니다. 질투하느냐고요? 멋지다고 생각합니다. 그리고 그들이 더 많은 영화에, 주인공으로, 오래오래 나왔으면 합니다.

'이미지'는 우리에게 큰 영향을 끼칩니다. 여자가 사건을 해결하고, 여자가 사랑을 쟁취하는 이야기에서 얻는 여성의 이미지는 여러분이 의식하든 그렇지 않든 마음 어딘가에 남아 인생에 영향을 주게 됩니다. '이래도 될까?' 하는 망설임의 순간에 아주 작을지라도 박수를 쳐줍니다. 언젠가 본 적이 있는 것과 한 번도 본 적이 없는 것은, '내가 할 수 있을까' 갈등하는 찰나의 순간에 큰 차이를 낳습니다. 더 확장해 생각하면, 여러분이 앞으로 삶의 방향을 잡을 때 참고하게 될 역할 모델 이야기가 됩니다.

〈고스트버스터즈〉라는 영화가 있습니다. 1984년에 처음 만들어졌고, 2016년에 리메이크되었습니다. 2016년 영화는, 개봉 뒤 극과 극의 반응을 마주해야 했습니다. 1984년 영화의 팬들 중에는 리메이크가 형편없다며 별점을 10점 만점에 1점만 주는 사례가 적지 않았습니다. 원작을 다시 보고, 리메이크판을 보며, 둘 다 코미디로 충분히 웃기는데 뭐가 문제일까 싶었습니다. 사실, 두 영화 사이에는 중대한 차이가 있습니다. 1984년 작을 리메이크하면서 원작의 배우들을 다시 캐스팅하기는 쉽지 않았겠지요. 그런데 새로운 배우를 캐스팅한 게 전부는 아닙니다. 폴 피그 감독은 2016년 작 〈고스트버스터즈〉를 만들면서 남자 네 명이었던 주인공을 전부 여성으로 바꿔버렸습니다. 제가 최고로 사랑하는 코미디 영화 중 하나인 〈스파이〉에 출연한 멜리사 매카시를 비롯해, 크리스틴 위그, 케이트 매키넌, 레슬리 존스를 주인공으로 캐스팅했습니다.

유령에 사로잡힐 위기에 처한 뉴욕을 엉뚱한 사총사가 구해낸다는 내용은 동일합니다. 다만, 남성이 아니라 여성이! 저는 2016년 작 〈고스트버스터즈〉를 사랑합니다. 이 영화에 크리스 헴스워스가 금발의 백치 미남으로 출연해서 보여준, 뻔뻔하고 번들

거리는 연기를 사랑하고, 무엇보다도 가슴을 강조하는 민소매 티셔츠를 입지 않고 액션 신을 소화하는 똑똑한 여자들이 나와서 사랑하고, 그들이 이상적으로 현명하고 조신하지 않아서 사랑합니다. 그들은 1984년 작의 남자 4인조처럼 한심하고 빈틈이 많은 인물들입니다. 영화에는 1984년 작의 주인공 중 하나인 빌 머레이도 카메오로 출연합니다. 그는 원작과 달리 유령의 존재를 믿지 않는 사람으로 나와서는, 유령이 든 함을 열었다가 유령 때문에 창문 밖으로 날아가 죽는 캐릭터를 연기합니다. 그러고 보니 〈고스트버스터즈〉 2016년 작에 나오는 남자치고 멀쩡한 경우가 거의 없네요. 흠, 그동안은 주로 여자 캐릭터들이 그랬는데 말이죠.

그런데 제가 이 영화와 관련해 가장 사랑하는 에피소드는 2016년 핼러윈 때, 미국에서 고스트버스터즈의 유니폼을 입은 소녀들이 등장했다는 것입니다. 여자도, 고스트버스터즈가 될 수 있었던 거예요. 저는 어렸을 때 1984년 작을 봤고, 속편도 봤지만, 고스트버스터즈는 원래 남자라고 생각했습니다. 하지만 이제 여러분은 그렇게 생각하지 않을 거예요.

여러분은 영화나 TV 드라마, 예능, 뉴스에서 남

성과 여성이 나올 때 한번 의문을 던져보기를 바랍니다. 늘 남자가 앉는 자리에 왜 여성이 앉으면 안 될까 궁금해하길 바랍니다. 왜 안경 낀 여성 앵커는 없을까? 왜 환갑이 된 여성은 뉴스 진행을 하지 않을까? 왜 정치적 사건을 해결하는 주인공은 남자인데, (그건 그렇다 쳐도) 그 팀의 하나뿐인 여성 캐릭터는 성실하고 싹싹하게 주인공을 '보필'하는 역할일까? 왜 이십 대 초반 여자 배우나 가수는 삼십 대 후반이나 사십 대인 남자 코미디언들 중 누가 이상형인지, 그중 한 명하고 사귀어야 한다면 누구와 사귈지 선택해야 하는 걸까?

여기에 하나 더 있습니다. 저는 지금 '여'배우, '여'기자 같은 말을 하지 않았습니다. 배우가 남자 배우를 뜻하고 기자가 남자 기자를 뜻한다는 암묵적 동의가 이루어지는 것 역시, 이상하다고 생각해보신 적 없나요? TV에 나온 정치인들 중 남자와 여자의 비율을 따져보세요. 세계 정상회담도 뉴스에 자주 나오죠? 여자는 어떤 자리까지 올라갈 수 있나요? 성별에 따라 할 수 있는 일이나 더 보기 좋은 일을 나눠놓은 건 아닐까요? 앞 세대가 그어놓고 견고하게 만든 선 안에서 여러분의 진로와 삶을 결정짓지 않기를 바랍니다. 지금 저를 비롯한 동시대의 여성들이 바꾸고자 하는 것들을 여러분도 함께하길 바랍니다. 원하는 직업, 원하는 삶을 성별이라는 테두리 안에서 상상하지 않기를 바랍니다.

제가 처음 직장에서 일을 시작했을 때, 비혼 사십 대 여성 선배들은 거의 없었습니다. 그런 일이 가능하리라 생각해본 적이 없었습니다. 하지만 어느새 저와 제 주변인들은 서로의 역할 모델이 되어주면서 이전 세대와 다른 방식으로 이 나이를 살아가고 있습니다. 저는 여러분이 더 멀리 나아갈 수 있다고 믿습니다. 앞 세대의 동성 역할 모델을 찾고 영감을 얻는 일도 멋지지만, 저는 여러분이 서로의 역할 모델이 되어주었으면 합니다. 그렇게 함께 더, 더 멀리까지 나아갈 수 있도록 말입니다. 나이를 초월하여 영원한 젊음을 보장받은 것 같은 여성만 미디어에 등장하는 것이 아니라, 다양한 직군에서 자기 일에 충실한 여러 연령대와 외모의 여성들이 자연스럽게 노출되고 그렇게 서로의 역할 모델이 되길 바랍니다.

이제 고등학교를 졸업하는 여러분에게 추천하는 세 가지를 이야기하겠습니다.

첫 번째는 혼자 떠나는 여행입니다. 저는 여행을 떠나면 자기 자신을 발견할 수 있다는 말을 믿지 않습니다. 여행을 좋아하지만, 여행지에서 진정한 나를 발견했다고 생각한 적은 없습니다. 진정한 나는 지금 여기 있습니다. 매일의 생활 속에 존재합니다. 그와 별개로 제가 혼자 떠나는 여행을 한 번쯤 경험하라고 말하는 이유는, 제한된 돈과 마음대로 할 수 있는 시간, 그리고 스스로의 선택과 그 결과를 작게나마 경험할 수 있는 방법이라고 믿기 때문입니다. 여러분은 여행을 좋아할 수도, 싫어할 수도 있습니다. 그조차 여행을 떠나봐야 알 수 있습니다.

여행에 익숙한 어른이나 친구와 함께 떠나는 여행 말고, 혼자 모든 것을 결정하는 여행을 해보길 권합니다. 여행 비용은 가능하다면 직접 돈을 벌어 쓰는 것이 좋은데, 그 역시 '예산'을 짜고 그 안에서 쓰는 경험을 위해서입니다. 다른 사람이 짜둔 여행 일정표를 참고하지 마세요. 가이드북을 보고, 마음이 가는 곳을 선택해 자신만의 루트를 짜보세요. 아무것도 하지 않고 돌아와도 괜찮습니다. 멀리까지 떠날 필요도 없습니다. 내가 마련할 수 있는 돈과 시간의 한도 내에서 마음껏 선택해보세요. 후회하는 일이 생기거나, 재미없어서 당황할 수도 있고, 너무 좋아서 당장 또 떠나고 싶어질 수도 있습니다. 어느 쪽이든 상관없습니다. 다만, 스스로 정한 만큼 시간을 보내고 돈을 써보세요. 여행 일정은 미리 짜놓고 그대로 따르는 것보다 하루를 마치고 그날 쓴 돈과 한 일을 정리하는 방식으로 작성하세요. 위험한 장소에 모험심으로 뛰어드는 일은 굳이 권하고 싶지 않습니다. 낯선 장소에서 낯선 사람들과 과음하는 일도 추천하지 않습니다. 하지만 이런저런 근심 걱정으로 여행을 망치기보다는 그저 하고 싶은 대로, 주어진 시간 동안 주변 사람의 눈치를 보지 말고 즐겨보세요.

두 번째는 책 읽는 취미를 붙이는 것입니다. 제가 직업으로 글을 쓰고 있긴 하지만(저는 여러분이 제가 쓰는 글의 독자가 되기를 간절히 소망합니다), 책 읽기는 직접 경험한 것을 뛰어넘는 세계를 안겨줍니다. 책을 읽을 때는 한 가지 원칙이 있습니다. 베스트셀러 목록을 참고하지 말고 딱 열 권만 골라 읽어보세요. 집 근처 서점(요즘엔 중고서점도 많고, 도서관도 좋습니다)에 가서, 책 표지와 소개글을 읽고, 몇 장 펼쳐보고, 읽기를 선택하세요. 작가 소개글에 끌릴 수도 있고, 작가의 사진이나 줄거리 요약, 추천사, 책 표지, 내부의 그림이나 사진 때문에 책을 고를 수도 있습니다. 생각보다 쉽게 고를 수 있을 거예요. 읽다가 재미없으면 그냥 다음 책으로 넘어가세요. 열 권 중에

한 권이라도 마음에 드는 책이 있다면 축하합니다. 열 권 모두 별로였고, 책 읽기가 영 마음에 들지 않는다면, 더 이상은 권하지 않겠습니다.

하지만 살면서 시험을 위해, 때로는 건강에 대한 지식을 얻기 위해, 여행을 위해, 취미를 위해 책을 고르고 읽는 일은 몇 번이고 생겨날 거예요. '내게 맞는 책'을 고를 수 있는 능력은 지금의 열 권에서부터 시작됩니다. 내게 맞는, 내가 원하는 책을 고르는 법을 생각해보지 않고 남들이 좋다는 책(베스트셀러)을 모은 서가에서만 선택하지 않았으면 합니다. 그렇게 몇 년이 지나면, 나에게 특별한 책이 한두 권씩 생겨납니다. 이십 대 초반에 읽은 몇 권의 책은 앞으로 수십 년은 이어질 취향의 향방을 결정합니다. 첫 열 권을 고를 때 한 번에 열 권을 고를 필요는 없습니다. 한 권씩이든, 세 권씩이든 형편에 맞고 편한 대로 정하면 됩니다. 하지만 소설과 비소설은 꼭 섞어서 읽어주세요. 비율은 관계없습니다.

책 읽기는 글쓰기의 바탕이 됩니다. 읽는 사람으로서의 경험이 쓰는 사람으로서의 경험에 도움이 됩니다. 자기소개서 쓰기, 업무용 이메일 쓰기, 전문 분야에 대한 책 쓰기도 전부 제대로 읽는 일에서 시작합니다. 제가 책 읽기를 좋아하는 이유는 그저 재미있어서지만요.

　마지막으로 세 번째는, 돈을 버는 것입니다. 스스로 돈을 벌고, 그렇게 번 돈을 소중하게 생각했으면 좋겠습니다. 저는 문화 행사를 기획하는 고등학생, 대학생을 만나면 돈을 얼마 받느냐고 물어봅니다. 처음엔 묻지 않았습니다. 돈을 받지 않는다는 걸 몰랐거든요. 처음 어떤 일에 도전할 때, 돈을 받지 않고서라도 경험을 쌓으려 한다면 말릴 수는 없습니다. 하지만 일을 하고 정당한 대가를 받는 일은, 앞으로 한평생 쌓아가야 할 중요한 경험입니다. 법적으로 정해진 최저 임금이 얼마인지 꼭 확인하세요. 지금 아르바이트를 하고 있다면 근무 조건을 잘 살펴보세요. 그리고 그렇게 번 돈의 중요성을 경험하세요.

　집이 경제적으로 어려워서 살림에 보태야 한다면, 번 돈에서 얼마를 낼지 결정하세요. 번 돈을 통째로 맡기지는 마세요. 아무리 작은 규모일지라도 '나의 경제생활'을 경험해봐야 합니다. 이 이야기는 제가 처음에 그렇게 잘 배우지 못해서 실수 연발로 살고 있기 때문에 애타게 부르짖는 말입니다. 가능하면 오랫동안 일하세요. 결혼을 하고 아이를 낳아 키우는 일의 행복과 소중함은 중요하지만, 가능하면 일하는 당신의 소중함도 지켜가길 바랍니다. 저는 여러분이 아주 오랫동안 이름으로 불리기를 바랍니다. 누구의 아내나 누구의 어머니가 된 뒤에도, 이름으로 불리는 관계들 속에서 스스로를 돌아볼 수 있기를 바랍니다. 그렇기 때문에 지금 처음으로 사회를 경험하면서 여러분의 이름이 불리는 경험을 소중히 하기를 바랍니다.

마지막으로 덧붙이자면, 여러분이 원하는 것을 선택할 때, '페미니스트'라는 말이 불편한 딱지나 낙인이 아니라는 점을 알아주었으면 합니다. 페미니스트는 여성이 남성과 동등한 권리를 가진 존재라고 믿는 사람입니다. 같은 일을 하면 같은 임금을 받아야 하고, 단지 여자라는 이유만으로 차별받지 않아야 한다는 뜻입니다. 누군가가 '페미니스트'라는 말을 비난으로 사용할 때, 그 자리에서 대응하는 게 어렵다면 그냥 침묵하는 법을 배우는 것도 좋습니다. '좋은' 분위기를 위해 상대방이 원하는 반응을 해주고 싶다는, 비록 그것이 나의 존엄을 해치더라도 상대가 원하는 나로 있고 싶다는 생각이 든다 해도 저는 그런 당신을 막을 수 없습니다. 그것은 당신의 선택입니다. 하지만 부당한 비난에 저항하고, 저항이 불가능하다고 느껴질 때 비난을 무시하는 법을 익히는 것은 여성으로서 살아가게 될 수많은 나날에 가장 중요한 생존 기술이 됩니다. 한 번에 한 걸음씩, 아주 작은 것부터 천천히. 여성과 남성은 동등한 인격체입니다. 그 사실을 어떤 순간에라도 기억하세요.

여성으로서 살아갈 여러분의 나날이 도전과 성취로 가득하기를 바랍니다.

여주인공은 없다

남자가 이야기의 주인공이 될 때는 '주인공'이라고 부른다. 여자가 주인공일 때는 '여(자)주인공'이라고 부르는 경우가 많다. 그리고 많은 '여주인공'들은, 남자와의 관계를 통해 극중의 위치와 역할이 결정된다. 관련 영단어가 히어로hero와 히로인heroine임을 떠올려보면 더 이해가 쉽다. 주인공은 기본적으로 남성형으로 쓰이고, 여성형 명사가 따로 존재한다는 뜻이다. 게다가 여성 캐릭터가 혼자 주인공인 경우보다 남자 주인공과 함께 주인공 역할을 나눠 맡는 경우가 많다. 여성이 주인공이라고 불릴 정도의 비중을 차지할 수 있는 경우는 장르가 멜로드라마, 로맨스일 때가 많았고, 여자들은 누군가의 연인이거나 아내라는 것이 캐릭터 설정의 중요한 부분이었다. 또한, 남자 주인공과 비교했을 때 여자 주인공들의 경우는 외모 묘사가 길게 이어지곤 했는데, 대체로 아름다움이야말로 여자들의 내적 선량함을 증명하는 표식과도 같았다. 수많은 동화들을 떠올려볼 것. 누구보다도 아름답고 누구보다도 착하며 누구보다도 인내심이 많은 여성들. 여주인공들. 가난과 구박을 견디고 나서 그녀들에게 보상처럼 주어지는 왕자님들.

그랬던 대중문화 속 여성들이 바뀌고 있다. 지금 시대의 여성들에게는 로맨스의 대상이 되는 일 말고도 할 수 있는 것이 많고도 많다. 그런 변화를, 1939년작 영화 〈바람과 함께 사라지다〉, 1971년 미국에서 있었던 실화를 바탕으로 한 〈더 포스트〉(2017), 그리고 2016년작 〈미스 슬로운〉 세 편의 영화에서 살펴볼 수 있다. 세 영화의 차이는 포스터만 봐도 알 수 있다. 마거릿 미첼이 쓴 유일한 소설인 『바람과 함께 사라지다』를 바탕으로 한 영화 〈바람과 함께 사라지다〉의 포스터에서 어깨가 드러난 드레스를 입은 스칼렛 오하라(비비안 리)는 이른바 '공주님 안기'로 레트 버틀러(클라크 게이블)의 품에 안겨있다. 영화에서는 키스신은 나오지 않고, 스칼렛을 번쩍 들어올려 계단을 올라가는 뒷모습이 나오는 정도로만 표현되지만, 포스터는 그 모습을 정면에서 훨씬 과감하게 해석한 것이다.

　대농장 타라를 소유한 오하라 가문의 큰딸 스칼렛은 애슐리를 짝사랑해왔다. 그러나 애슐리는 스칼렛의 친구 멜라니와 결혼을 발표한다. 스칼렛은 홧김에 멜라니의 오빠와 결혼하지만 그는 남북전쟁으로 사망하고, 전쟁이 끝난 뒤 동생의 약혼자를 빼앗아 다시 결혼하지만 이번에는 남편이 살해당한다. 결국 레트의 오랜 구애를 받아들여 결혼하고 딸도 얻지만 스칼렛은 여전히 애슐리에게 미련을 갖고 있다. 그러던 어느날 멜라니가 세상을 떠난다. 스칼렛은 애슐리의 곁으로 갈 수 있을까. 이제 고전이 된 〈바람과 함께 사라지다〉에서 스칼렛은 자신의 욕망에 누구보다 충실한 여성으로 그려지지만 그 욕망의 중심에는 언제나 남자가 있다. 스칼렛은 능력 있는 사업가로서의 면모도 보이지만 〈바람과 함께 사라지다〉는 기본적으로 '애슐리를 사랑하던 스칼렛 오하라라는 여성이 세 번의 결혼 끝에 세 번째 남편인 레트 버틀러를 사랑함을 깨닫는다'는 내용이다.

이 작품은 스칼렛이 16살 때부터 28살까지를 그리는데, 자신이 원하는 남자인 애슐리에게 고백받기를 기다리는 대신 먼저 고백하고, 그 이후로도 자신이 원하는 남자들을 선택하는 당당한 스칼렛 오하라라는 캐릭터에 대한 책 속 묘사는 이렇다. "스칼렛 오하라는 미인이 아니었지만, 그녀의 매력에 사로잡힌 남자들은 그 사실을 제대로 깨닫지 못했다. 그녀의 얼굴에서는 프랑스 혈통을 이어받은 해안 지역 귀족 집안 출신인 어머니의 섬세한 용모와 다혈질 아일랜드계인 아버지의 묵직한 인상이 지나치게 날카로운 대조를 이루었다. 하지만 턱이 뾰족하고 턱뼈가 각이 진 얼굴은 사람들의 시선을 사로잡았다." 전통적인 미인형이 아니라면서 스칼렛 오하라라는 인물의 개성을 강조하는 것이다. 남자 주인공은 미남일 필요가 없고, 굳이 생김새에 대한 자세한 묘사를 하지 않는 경우도 많지만 여자 주인공은 그렇지 않다. 아주 오랫동안 여성 캐릭터의 성격은 언제나 외모와 연관되어 그려졌으며, 여자가 주인공이 되려면 예외 없이 젊고 아름다워야 했다. 그나마 수동적이지 않다는 정도가 스칼렛 오하라의 매력이었던 셈이다.

〈더 포스트〉에서 메릴 스트립이 연기하는 캐서린

그레이엄은 실존인물로, 〈워싱턴 포스트〉의 발행인을 지내며 미국을 뒤흔든 특종인 워터게이트 사건 보도를 할 수 있도록 기자들에게 든든한 뒷받침이 되어준 인물이다. 〈워싱턴 포스트〉는 캐서린의 아버지가 운영하던 회사였고 이후 캐서린의 남편이 물려받았지만, 남편이 죽자 회사 경영 경험이 없던 그가 언론사의 사주 자리에 앉게 된 것이다. 〈더 포스트〉가 캐서린을 어떻게 그릴지는 〈악마는 프라다를 입는다〉(2006)에서 카리스마 넘치는 편집장을 연기했던 메릴 스트립을 캐스팅했다는 것에서 힌트를 얻을 수 있다. 또한, 이 영화의 포스터에서는 언제나 캐서린을 편집장인 벤(톰 행크스)보다 높은 자리에 세운다. 포스터의 배우 이름 순서도 메릴 스트립이 먼저다.

캐서린 그레이엄은 원래 워싱턴의 사교계에서 중요한 역할을 했던 〈워싱턴 포스트〉의 '안주인'이었다. 그가 남편 사후에 경영권을 물려받은 이후, 직접 경영에 나서리라는 것은 아무도 기대하지 않던 일이었다. 〈더 포스트〉는 곳곳에서 캐서린이 남자들에 의해 포위된 장면을 연출하는데, 실제로 그가 경영권을 갖게 된 1971년의 미국에서 회사 경영과 관련된 간부회의나 신문사의 편집국 팀장급 기자들은 거의 남성이었다.

그들은 단순히 남성이기만 한 것이 아니었다. 모두 캐서린을 세상물정 모르는 주부 취급했고, 또한 가르칠 수 있다고 생각했다. 심지어 캐서린보다 지위가 더 낮은 경우에도 가르칠 권리가 있다고 생각하고 있다. 그래서 영화 속에서 캐서린은 자신을 낮춰보거나 명령하려는 사람들에게 마침내 단호한 목소리로 말한다. "〈워싱턴 포스트〉는 더 이상 내 아버지의 회사도, 내 남편의 회사도 아니다. 바로 내 회사다." 그럼에도 불구하고 그 야심은 어디까지나 남편의 죽음으로 인해 촉발된 것이었다. 영화에서 캐서린은 편집국장 벤이 자유롭게 취재하고 기사를 쓸 수 있도록 든든한 뒷배가 되어주는 역할에 그친다.

〈미스 슬로운〉에 이르면 이제 우리는 완전히 스스로의 동력으로 움직이는, 최고의 자리에 오른 싱글 커리어우먼을 만난다. 이제 포스터에 남성은 등장하지 않는다. 누구를 유혹하고 있지 않고, 웃고 있지도 않으며, 타인을 상냥하게 설득하고 있지도 않다. 무표정하게 등을 돌린 슬로운의 옆얼굴을 우리는 포스터에서 만난다. 슬로운(제시카 채스테인)은 악명 높은 로비스트다. 그는 합법과 불법의 선을 교묘하게 활용해 클라이언트의 목적을 늘 달성해왔다. 그러던 어느 날 한 고객이 찾아온다. 총기 규제 법안이 통과될 수 있게 나서달라는 것이다. 승산이 낮은 데다 큰돈을 벌기도 어려울 것으로 예상되는 일. 하지만 그는 일을 수락하고 전 미국을 뒤흔들 대담한 작전을 짠다.

최근 〈뉴욕타임스〉에서는 "존(John)이라는 이름을 가진 남성이 CEO인 기업의 수가 여성이 CEO인 기업 전체를 합친 것보다 많다"는 기사를 실었다. 스칼렛 오하라의 시대로부터 거의 100년 가까운 시간이 흘렀고, 이제 여성이 바지를 입고 공부하고, 사회생활을 할 수 있게 되었지만, 어떤 조직이든 위로 올라갈수록 남성이 압도적인 비율을 차지하고 있으며, 능력 있는 여성에게는 이른바 '독하다' '마녀' 같은 수사가 따라붙는다.

총기 규제 법안이라는, 공익을 위한 로비에 뛰어든 슬로운을 응원하는 사람은 아무도 없다. 심지어 '같은 편'인 사람들조차 흠집을 내지 못해 안달이다. 그럼에도 불구하고 슬로운은 외부로부터 오는 인정이 아닌, 자신이 옳다고 믿는 일을 위해 헌신한다. 슬로운은 세상 모든 이를 놀래킬 반전을 혼자 힘으로 일구어내고, 사랑을 이루어 남자 주인공의 키스를 받는 엔딩 대신 일에서 원하는 결과를 얻어낸다.

영화 속 여성들의 야망은 이제 집 밖으로 나왔다. 더 큰 그림을 그리고, 자기 자신에 충실한 여성들이 앞으로 더 많아지기를 기다린다.

타인의 고통

"그날은 산책할 가능성이 전혀 없었다." 샬럿 브론테의 『제인 에어』는 이렇게 시작한다. 그리고 다음 문단에서 화자는 이렇게 말한다. "그래서 나는 기뻤다." 제인 에어의 어린 시절이 어떤 감정으로 채워져 있는지 짐작하게 하는 도입부다. 낙관할 만한 현재도 미래도 없이, 제인 에어는 자신의 일상을 적어 내려간다. 그는 책을 읽으며 라플란드, 시베리아, 스피츠베르겐, 노바야제믈랴 같은 낯선 지명들, 아마도 앞으로 밟아볼 일이 없을 땅의 풍경을 만난다. 여자아이에게는, 아니 성인 여성에게도 모험가, 탐험가로서의 기회가 주어지지 않던 시절이었다. 탐험은 머릿속으로 이루어졌고, 세계를 구축하는 힘은 상상 속에서 힘을 발휘했다. 그 시절의 여자 작가 역시 마찬가지였다. 1847년에 『제인 에어』가 출간되고 거의 80년이 지나 버지니아 울프가 '자기만의 방'이라는 제목의 책으로 강연을 할 때도, 상황은 크게 개선되지 않았다.

샬럿 브론테는 영국 요크셔에서 태어나 브뤼셀의 기숙학교에서 공부하고 돌아와서 자매들과 함께 글을 썼는데, 먼 곳에 시선을 두고 갈망하기를 멈추지 않는 제인 에어의 독백이 샬럿 브론테 자신의 욕망으로부터 기인한 것은 아닐까, 하고 버지니아 울프는 생각한다(『자기만의 방』). "나는 내가 가진 경험보다 더 실제적인 경험을 하게 되길 간절히 소망했다"라는 『제인 에어』의 구절을 인용하면서. 여성에게는 주어지지 않았던 기회들이, 소설가 샬럿 브론테를 충분히 자유롭게 창작하지 못하게 한 것은 아닌가 질문한다.

『제인 에어: 자서전』, 커러 벨 편집. 처음 『제인 에어』가 등장했을 때, 작가의 이름은 샬럿 브론테가 아닌 커러 벨로 되어 있었다. 작품을 세상에 선보였던 출판업자 조지 스미스는 원고를 처음 읽은 날을 이렇게 기억했다. "스토리가 즉시 나를 사로잡았다. 열두 시쯤 문간에 말이 대령됐지만 나는 원고를 내려놓을 수가 없었다." 약속은 취소되었고, 식사는 샌드위치로 대체되었다. 그는 잠자리에 들기 전까지 원고를 다 읽어버렸다. 책을 접한 독자들의 사정도 마찬가지였다. 1847년 당시의 독자들은 자서전이라고 쓰인 그 책의 주인공 제인 에어를 친구로 받아들였다.

미지의 천재이자, 새로운 스타일을 보여준 『제인 에어』가 출간되기 1년 전, 샬럿, 에밀리, 앤 세 자매는 본명을 지우고 『커러, 엘리스, 액턴 벨의 시집』을 함께 펴냈다. (그해에 샬럿 브론테의 첫 장편소설인 『교수』도 완성되었지만 출간에는 실패했다.) 당시 여성 작가는 정당한 문학적 평가를 받기 어려웠기 때문에 브론테 자매는 남성적인, 최소한 중성적인 인상을 주는 이름으로 등단하게 되었다. 하지만 『제인 에어』의 극적인 성공은 커러 벨의 정체에 대한 궁금증을 낳았다. 출간 당시 리뷰들을 읽어보면 "남성의 강한 필체가 감지된다"(《위클리 크로니클》)라는 표현이 등장한다. 정치적 급진주의가 유럽을 휩쓸던 시기, 하층계급의 열망을 숨기지 않는 제인 에어의 격정적인 사랑. 당시 여성들은 투표를 할 수 없었고, 전문적인 직업도 가질 수 없었다. 대체 이 자서전의 주인공 제인 에어는 누구인가? 이 책을 엮은 커러 벨은 누구인가? 커러 벨이 『제인 에어』는 아닌가. 『제인 에어』는 모든 런던 사람들 사이에 회자되었고, 모두가 읽었고, 모두가 생각하게 만들었다.

『제인 에어』를, 부모님을 잃고 친척 집에서 푸대접을 받으며 성장한 가정교사 제인 에어가 고용주이자 상류계급에 속한 에드워드 로체스터와 사랑에 빠지는 이야기로만 아는 사람들도 많다. 해피엔딩이 예정된 (다소 뻔한) 고딕 로맨스라는 오해 말이다. 틀린 얘기는 아니다. "독자들이여, 나는 그와 결혼을 했다"라는 당당한 선언과 함께 마지막 장이 시작되는 이 이야기에서 분명 사랑의 성취는 중요하게 다루어지고 있으니까.

하지만 『제인 에어』를 좋아한 독자들이 작가의 성별을 궁금해했던 이유 중에는 이 소설이 여성의 목소리와 주장을 전혀 숨기지 않으며, 사랑하는 사람에게 자신을 인간으로 존중하기를 요구한다는 것도 있었다. 자신이 사랑하는 로체스터가 다른 여자와 결혼할지도 모른다는 사실을 알게 된 제인 에어는 그를 떠나겠다고 말한다. 그리고 그에게 묻는다. "제가 아무 의미도 없는 존재 취급을 받으며 머무를 수 있다고 생각하시나요? 제가 자동인형이라고 생각하시나요? 감정도 없는 기계라고 생각하시나요?" 결국 로체스터는 "나와 동등한 사람, 나와 똑같은 사람"이라며 제인 에어에게 청혼한다. 그리고 그 결혼은 제인 에어가 완전한 자기 확신으로 로체스터를 남편감으로 선택하기까지 오랫동안 미뤄진다. 그리고 그 과정이 『제인 에어』를 특별하게 만든다. 넘치게 가져본 것이라고는 빈곤과 자존감이 전부였던 한 여성이 자신의 삶을 자신의 의지대로 살아가는 여정이기 때문이다.

"가난하고, 보잘것없고, 못생긴"이라고 묘사되는 제인 에어의 이야기는, 그가 험난한 유년기를 보내고, 가정교사로 일하면서 만난 로체스터와 사랑에 빠지고, 그에게 아내가 있음이 밝혀져 그의 곁을 떠나고, 목회자인 사촌을 만나 결혼을 고민하지만, 재산을 상속받은 뒤 로체스터의 곁으로 돌아와 그와 결혼한다는 내용으로 요약된다. 그 과정에서 제인 에어는 스스로의 삶을 결정하고 다른 누구도 아닌 자신의 뜻대로 살 수 있는 힘을 얻는다. 선교 사역의 동반자가 되어달라는 사촌 존의 청혼을 거절하며 제인 에어는 생각한다. "내 마음과 정신만은 자유로울 것이었다. 여전히 시들어 마르지 않는 내 자아를 의

지의 대상으로 간직할 수 있을 것이고, 고독한 순간이 찾아오면 노예 상태에 빠져들지 않은 타고난 내 감정을 말벗 삼아 여전히 간직할 수 있을 것이었다." 동료 선교사가 될 수는 있지만 그의 아내가 되지는 않겠노라고 선언하면서.

『제인 에어』가 가진 고딕 로맨스로서의 매력을 더하는 부분이자 이후 비판받기도 한 부분은 바로 로체스터의 아내, 버사와 관련한 대목이다. 로체스터의 저택 손필드 장에서 가정교사로 일을 시작한 제인 에어는 3층 다락방을 구경하고 발걸음을 돌리다 적막한 복도에서 기이한 웃음소리를 듣는다. "비감하고 괴기스러운" 웃음소리가 하녀의 것이라는 설명을 듣지만, 시간이 지날수록 손필드 장에 알려지지 않은 거주자가 있는 것 같다는 의심이 더해진다.

그리고 제인 에어와 로체스터의 결혼식 날에야 그 사람의 정체가 밝혀진다. 버사(앙투아네트), 로체스터의 아내. 로체스터의 사생아 여동생이라거나 그의 정부라는 소문도 있었던, 쑥덕공론 속에 존재하는 손필드 장의 미치광이 여자. 로체스터는 15년 전 서인도제도에서 부유하고 아름다웠던 버사와 결혼했다는 사실을 인정한다. 로체스터의 설명을 모두들은 제인 에어는 그의 곁을 떠난다. 그리고 다시 그에게 돌아오기까지 짧지 않은 시간이 흐른다.

서인도제도에서 어린 시절을 보냈던 소설가 진 리스는 『제인 에어』를 읽고 그에 대한 응답으로 소설을 쓰기로 한다. 영국에서 살다 서인도제도를 다시 방문했을 때, 진 리스는 영국인과 결혼하고서 미친 상속녀들에 대한 이야기를 들은 적이 있었다. 그들에게 무슨 일이 있었던 것일까. 진 리스에게 『제인 에어』는 다락방에 갇힌 미친 여자로만 취급되었던 버사의 이야기가 필요한, 영국 반대쪽 입장에서의 이야기가 필요한 텍스트였던 것이다. 그래서 쓰인 『광막한 사르가소 바다』는 로체스터가 어떻게 앙투아네트와 만나고 결혼했는지, 왜 앙투아네트는 버사라고 불리게 되었는지를 담고 있다. 하지만 제인 역시 어린 시절 붉은 방에 감금된 적이 있음을 잊어서는 안 된다. 어쩌면 제인은 버사가 누리지 못한 시간을 대신할 기회를 가진, 닮은꼴일지도 모른다.

제인 에어는 자신의 운명을 개척하려고 했지만 결국은 멀리 떠나는 대신 로체스터의 곁에 머물기로 한다. 진 리스는 버사 메이슨의 과거를 상상했지만, 제인 에어는 그러지 않았다. 그저 로체스터가 한쪽 팔과 시력을 잃은 것으로 일종의 죄갚음을 했다고 생각하는 것일까? 『제인 에어』를 '된장녀의 신분 상승기' 정도로 해석한 글을 읽은 적이 있는데, 다시 읽으면 '개념녀의 제 무덤 파기'로 보이기도 한다. 그래도 어쨌든 그것은 제인 에어의 선택이었다.

『광막한 사르가소 바다』에서는 로체스터의 이름이 등장하지 않는다. 앙투아네트를 버사라고 부른 그 남자, 그 남편은 로체스터라는 개인을 넘어서 제국주의 자체를 뜻하기도 했을 것이다. 가진 자산을 모두 빼앗기고 지적 능력과 이성마저 훼손되어 감금된 채 존재를 부인당하는 여자를 식민지 자체에 대한 은유라고 볼 수도 있다. 그 감금을 정당화하기 위해 등장하는 것은 더러운 핏줄이고 대를 이은 광기이며 이해할 수 없는 종교적 의식 혹은 믿음에 대한 강한 혐오다. 어쨌거나 버사는 제인 에어에게도 타인이었다.

종종 궁금해진다. 진 리스는 미쳐버린 카리브 해의 상속녀들에 대해 들었다고 했다. 그럼 샬럿 브론테는 어쩌다 버사 메이슨을 등장시킨 것일까? 그도 그런 소문을, 최소한 한 명 이상의 식민지 출신 미친 아내에 대해 들었던 것일까? 아니면 그저 상상의 산물이었을까? 두 사람의 사랑에 위기를 더할 극적 장치로 유용했던, 다락방의 미친 여자는 자기 목소리로 말할 기회를 얻지 못했다. 제인 에어가 그 여자에게 발언할 수 있는 기회를 주었다면 우리는 어떤 이야기를 듣게 되었을까. 샬럿 브론테는 상상이라도 해봤을까. 설령 상상해보았다 한들, 진 리스의 『광막한 사르가소 바다』와는 한참 달랐을 것이다. 진 리스가 본 것을 샬럿 브론테는 보지 못했기 때문이다.

『제인 에어』에서 샬럿 브론테는 여러 번 "독자들이여"라고 읽는 이를 호명한다. 정말 누군가가 자신의 삶을 들려주면서 듣는 이에게 주의를 환기시키듯. 그때마다 독자는, 이번에는 어떤 방향으로 이야기가 흐를지 조마조마한 심정으로 따라가게 된다. 그리고 자기 자신의 주인으로 살고자 노력하는 이 여성이 어떤 어려움에도 굴복하지 않을 것이라 믿게 되고, 어떤 선택을 하더라도 그것이 그의 결정임을 인정하게 된다. 마지막 순간에 이르면, "내 결혼 생활에 대해 한마디 덧붙이고 이 이야기 속에 이름이 자주 등장했던 사람들의 운세만 잠깐 들여다보면 이제 이야기를 마치게 되는 셈이다"라며 모두의 후일담을 들려준다. 마치 오래 알아온 사람들의 근황처럼, 제인 에어의 목소리가 이야기의 끝을 알리는 것을 듣는다.

운명이 제인 에어의 문을 두드렸고, 그는 반겨 맞
았다. 끝을 알고 다시 첫 문장으로 돌아가면 두근거
리는 것은 그래서다. 산책이 싫은 소녀는 이제 긴 여
정을 떠나 성장할 것이다. "그날은 산책할 가능성이
전혀 없었다."

딸들의 시간

"엄마. 엄마 뭐 때매 살아."

"얘가 오늘 왜 이래."

"그냥. 궁금해서."

"뭐 때매 살아? 자식 때매 살지."

"알았어. 근데 이제 엄마 나 때문에 안
살아도 돼. 나 서울로 대학 가면 여기 자주
안 올 거야."

— 영화 〈윤희에게〉 중에서

K도터의 불치병이 하나 있는데, 어머니가 겪는
불행의 원인을 자신과 연결 지어 생각하는 경향이

있다는 것이다. 이것은 나의 존재가 어머니 삶에 행복을 더했다는 확신을 갖기 어려워한다는 자존감의 문제를 차치하고서도, 자신의 '남은 생'을 어머니로부터 독립한 개인으로 생각하기 어렵게 한다. 딸이 경험하는 최초의 역할모델이 어머니라는 점, 어머니가 (어머니가 되느라 이루지 못한) 기대를 투사하는 대상이 딸이라는 점은 이 둘의 관계를 멜로드라마 혹은 서스펜스의 주인공으로 만들곤 한다. 앞서 인용한 〈윤희에게〉의 대사에서 어머니인 윤희가 "자식 때매"라고 말했을 때 딸 새봄이 기뻐한다기보다 오히려 자신이 어머니의 짐이라고 인식한다는 점을 염두에 둘 필요가 있다.

〈윤희에게〉〈82년생 김지영〉〈우리집〉〈이장〉〈애비규환〉〈세 자매〉 등 페미니즘 리부트 이후 한국 영화계에도 여성을 주인공으로 하는 이야기들이 여럿 선을 보였다. 한국 감독의 영화, 여성이 주인공인 이야기. 어린 나이부터 동생을 책임지는 유사 어머니의 역할을 떠맡는 딸이 있는가 하면(〈우리집〉), 결혼한 뒤 마음을 의지할 수 있는 대상이 세상을 떠난 어머니뿐이라는 사실을 알게 된 딸도 있다. K도터는 언제 딸의 역할을 마치고 독립된 개인으로 존재하게 되는가. 그런 날이 온다고 감히 상상할 수 있기는 한가.

K도터의 서사가 지닌 가장 큰 특징. 희망 편은 없고 절망 편만 있다. 관객들은 여성 등장인물이 딸의 역할을 수행하기 시작하는 순간 이 이야기가 좌절, 슬픔, 분노의 트라이앵글로 구성되리라는 예상을 쉽게 할 수 있다. 현실을 담아내면 그럴 수밖에 없으니까.

이승원 감독이 연출한 〈세 자매〉에서 희숙, 미연, 미옥은 모두 결혼해 가정을 꾸린 성인이다. 첫째 희숙은 사람 좋은 얼굴을 하고 있지만 남편과 딸 모두와 불화하고 있으며 그 사이에서 인내하는 방법밖에 모른다. 둘째 미연은 완벽한 가정을 꾸린 듯 보이지만 그것은 완벽하지 않은 삶의 요소에 가차 없는 응징을 가하고 적극적으로 감추기 때문에 위장된 완벽일 뿐이다. 셋째 미옥은 가장 자유로워 보이지만 어린 시절 겪은 가족의 문제에 대해 제대로 인지하지 못한 부분을 트라우마로 간직하고 있다.

세 자매는 부모가 충분히 제공한 적 없는 돌봄을 서로에게서 구한다. 놀랍지 않게도 이 세 자매에게는 막내 남동생이 있는데, 김도영 감독의 〈82년생 김지영〉과 정승오 감독의 〈이장〉 속 가족도 자매들 아래로 막내아들이 있다. 아들을 낳을 때까지 자식을 낳는 일이 이상하지 않았던 한국의 (옛)가족문화에서 아들보다 먼저 태어난 딸들은 살림밑천이거나 살림을 축내는 군식구 취급을 받곤 했다. 가족 구성만 봐도 이미 많은 것들이 설명되는 것이다.

〈세 자매〉의 자매들이 아버지의 폭력이라는 해묵은 갈등을 원만하게 봉합하는 대신 고함을 지르고 분노를 표출하며 적극적인 사과를 요구하는 식으로 해소한다면, 〈이장〉의 자매들은 죽은 아버지의 묘 이장을 두고 큰아버지와 최후의 한판에 나선다. 두 작품 모두에서 (아마도 부모의 자랑이었을) 막내아들은 극도로 무능력한 모습으로 그려지는데, 아들 중심의 가부장제 자체가 몰락해가는 상징처럼 보이기도 한다.

하지만 이전 세대만의 문제로 끝날 수 없는 것이 K도터 서사가 여전히 유효한 이유가 된다. 〈윤희에게〉에서 딸 새봄은 외동딸이며, 어머니와 잘 지내지만, 그럼에도 불구하고 어머니의 더 나은 현재를 위해 나서는 인물이다(영화의 주인공은 윤희인데, 윤희는 스스로 행동하지 않고 새봄에 의해 행동에 나선다). 아직 고등학생인데도 그렇다. "엄마가 나를 낳지 않았다면"이라는 가정은 K도터 죄의식의 근간을 이룬다. 어머니(세대)를 보면 나를 낳지 않았어도 다른 자식을 결국은 낳았을 것이고 어머니의 인생이 크게 달라지지 않았으리라는 쪽이 더 합리적인 추론임에도, '내가 없는 엄마의 (가능성을 현실화하며 살았을) 행복한 삶'이라는 가정을 포기하지 못하고 애잔함을 느끼곤 한다. 이 애잔함은 어머니에 대한 연민으로부터 벗어나지 못하도록 스스로를 매어두는 구실을 한다. 문제는 이것이 자기예언적인(나도 어머니와 비슷한 삶을 살게 되리라는) 암시가 되기도 한다는 데 있다.

아무리 어린 나이라 해도 딸은 어머니의 행복과 가족에 대한 책임감을 느끼는 일이 드물지 않다. 영화에 나오는 딸들은 오빠가 있어도 장녀와 진배없다. 〈우리집〉의 하나와 하나가 알게 된 유미, 유진 자매가 그렇다. 하나에게는 오빠가 있지만 오빠는 부모의 다툼에 무관심하다. 부모의 불화를 어쩔 수 없다고 생각하고 포기한 듯 보인다. 유미는 부모님이 일 때문에 멀리 떠나있는 동안 동생과 집을 어떻게든 지키려고 안간힘을 쓴다. 이제 겨우 열 살을 넘긴 아이들은 무엇을 어떻게 해결해야 하는지 알지 못하고, 그렇기 때문에 그들의 책임감은 해소될 수 없는 성질의 것으로 아이들을 무겁게 짓누르기만 한다.

90년대생인 최하나 감독이 연출한 〈애비규환〉은 그 '어쩔 수 없다'의 정서를 비교적 홀가분하게 털어낸다. 그 중심 과정이 아버지 찾기와 어머니 되기에 있다는 점에서 새 가족 꾸리기를 통해 원가족과의 관계를 재정립하는 보통의 결혼 이야기와 크게 다르지 않다고 볼 수도 있지만, 〈애비규환〉의 주인공 토일의 주요 관심사는 자기 자신으로 보인다. 토일은 이혼 후 자신을 키운 어머니의 어려움을 이해하고, 새아버지와 원만한 관계를 유지한다. 친아버지에 대한 호기심이 있기 때문에 그것을 충족시키려 할 뿐이다. 임신과 결혼이 원가족으로부터의 분리가 아니라 가족의 확장 경험일 수 있는가를 시도하는 '나름의' 방식인 셈이다.

여성이 가족과 분리되어 이야기되는 사례가 유달리 부족한 것이 한국 영화의 여성 주인공들이다. 현실을 반영해 K도터의 서사가 충돌과 상호존중, 자기존중과 이해의 단계로 나아갈 수 있다는 점은 분명하지만, 다양한 삶의 방식을 어떻게 담아낼 수 있을지 그 가능성은 이제부터 적극적으로 탐구되어야 한다.

알바고양이의 휘발유를 둘러싼 모험

『알바고양이 유키뿅』이라는 만화가 있는데, 세상살이에 서툰 인간 여자 때문에 그와 동거하는 고양이가 각종 아르바이트로 생계를 꾸리거나 문제를 해결한다는 내용이다. 그 만화를 본 사람들은 나를 '알바고양이 다혜뿅'이라고 불렀다. 대학교 1학년 때부터 과외나 보습학원 교사 등의 아르바이트를 시작했으며, 그것 말고도 다양한 일을 했다.

왜냐하면 첫째, 나는 일중독이다. 노는 것을 굉장히 좋아하지만 사실 일하는 것도 좋아한다. 둘째, 나는 나 자신을 경제적으로 완전히 책임져야 했다. 내가 누리는 것은 전부 내가 버는 것에서 나왔다. 대학교 1학년 겨울에 IMF가 왔는데, 우리 집도 IMF를 기점으로 이전의 생활을 회복하지 못한 한국의 수많은 가정 중 하나였다. 가정 경제를 책임지는 가장 역할도 했고(소녀 가장이라고 불리곤 했지만 사실 소녀라고 불릴 나이는 아니었다)……. 이 이야기를 꺼낸 것은 최초의 아르바이트 중 하나였던 주유소 아르바이트에 대해 말하기 위해서다. 린다 티라도는 '부자 나라 미국에서 하루 벌어 하루 먹고사는 빈민 여성 생존기'라는 부제가 달린 『핸드 투 마우스』라는 책을 썼다. 이 책을 읽으면서 나는 주유소에서 아르바이트를 하던 때, 그리고 그 이후 만난 사람들을 떠올렸다.

나는 고작 한 달을 일했다. 건강 문제로 1년을 쉰 통에 나보다 1년 늦게 고등학교를 졸업한 친구가 그 겨울에 도와달라고 연락을 해왔다. 월급이 제법 괜찮아서 다른 친구와 둘이 주유소 아르바이트를 시작했는데, 친구가 며칠 하지도 않고 도망쳤다고 했다. 그 친구 대신 한 달만 함께 일해달라고. 나는 앞서 말한 것처럼 돈 버는 일은 마다하지 않는 터라 바로 승낙했다. 오전 9시부터 오후 6시까지였던가. 잘 기억은 나지 않지만 어쨌든 아침에 출근해서 저녁에 퇴근하게 되어 있었다. 그때까지 나는 누가 주유소에서 일하는지 생각해본 적이 없었다(지금도 수많은 것들을 생각해본 적 없이 살고 있기는 하다). 주유소 아르바이트가 어떻게 보일 수 있는지도, 대학에 가기 전에는 우리 동네 이름이 어떻게 들리는지도 몰랐다. 나는 봉천동의 아파트에 살았는데, 대학에 가고서야 봉천동이라고 하면 다들 산동네를 생각한다는 걸 알았다. 그래서 나는 어디 사느냐고 물으면 '서울대입구역'에 산다고 말하는 인간이 되었다. 사는 동네로 차별하는 시선이 잘못이라고 생각할 정도로 어른이 되지 못한 상태였으니까. 나는 그래도 더 낫게 보이고 싶어서 가능한 말을 고르고 골랐다. 내가 살던 그 동네는 이제 이름을 청룡동으로 바꿨다.

주유소 아르바이트도 봉천동이랑 거의 비슷한 취급을 받는다는 걸 알게 되었다. 그때가 1990년대 중반이었는데도 이미 아버지의 인맥으로 IT 회사에서 여름방학 인턴십을 하는 친구들이 있었다. 아니면 부모님이 계시는 북미나 남미, 유럽의 어딘가에서 방학을 보내는 친구들도 많았다. 주유소 아르바이트를 하는 친구는 없었다. 아니, 있었을 것이다. 나처럼. 하지만 아무도 말을 하지 않았다. 이것이 대체로 '그런 사람'이 당신들의 눈에 보이지 않는 이유다. 당신들 중에 '그런 사람'이 없어서가 아니다.

114

같이 주유소에서 일을 하던 아이들(다 아이들이었다)이 생각난다. 중학생이었던 남자아이는 할머니와 단둘이 산다고 했다. 생활이 어려워서 학교에 가고 싶지도 않아 했다. 나와 동갑인 여자아이는 나를 대단하다고 생각했다. 유도를 했던 걸로 기억하는데, 부상을 입은 뒤 운동은 그만두었다고 했다. 유도가 남긴 것이라고는 깨진 앞니뿐이었는데 그걸 고칠 돈이 없었다. 주유소에서 버는 돈은 유흥비로 쓰기 때문이었다.

대학에 간 사람은 나밖에 없었다. 조장 오빠도 고등학교만 나왔으니까. 주유소 사장은 대학생이 아르바이트를 하러 왔다는 걸 자랑스럽게 생각하는 투의 말을 여러 번 했는데, 이해할 수가 없었다. 그 일은 대학생이 더 잘하는 일이 아니었다. 이제 막 일을 시작한 나보다 몇 달씩 일한 다른 친구들이 더 일을 잘하는 건 분명했는데도 점심을 먹으러 주유소 2층으로 올라가면 종종 사장이 대학생이 어쩌고 하는 말을 하곤 했다. 나는 적당히 웃었고, 다른 아이들은 그냥 밥만 먹었다. 다들 돈에 민감했다. 아이들은 카드만 보고 등급을 알았다. 손님이 돈을 내지 않고 가면 하루 일당보다 더 큰 기름값을 월급에서 토해내야 했다. 손님이 돈을 내지 않고 가버린 날, 그 차 주유

115

를 했던 친구가 발작을 일으켰던 일도 기억난다.

손님들은 "야!" 아니면 "너!" 정도로 우리를 불렀다. 『십 대 밑바닥 노동』을 읽다 보면 그때 생각이 난다. 여기에는 '꺾기'라는 게 나온다. 임금을 덜 주기 위해 손님이 없는 시간 동안 노동자를 매장 밖으로 내보내 쉬게 하거나 조기 퇴근을 시키거나 갑작스레 당일 휴무를 통보하는 등의 행위를 일컫는다. 그때는 꺾기라는 말이 없었다. 최저 시급이라는 게 있었는지도 솔직히 잘 모르겠다. 그냥 주는 대로 받았다. 점심은 주유소 2층에서 차려주는 대로 먹어야 했는데, 밥값이니 뭐니 가끔 제하기도 하는 것 같았다. 다른 아이들에게 월급을 물어봤을 때 제대로 대답하는 경우가 없었다. 이럴 때도 있고 저럴 때도 있는데, 급여내역서 같은 건 없었다.

나는 성인이 된 뒤로 용돈을 벌어 썼고 취직을 하고 몇 년이 지나면서부터는 생활비를 내야 했고 나중에는 전적으로 가족의 생계를 책임지다시피 했지만, 내 가족이 기초생활수급 가정이었던 적은 없었다. 그리고 그런 상황에 처한 십 대들과 같이 일한 게 그때가 처음이었다. 도망간 어머니, 사고로 크게 다친 아버지, 주사가 심한 할아버지, 건강이 좋지 않은

데도 일을 해야 하는 할머니, 그리고 그런 가족과 함께 살면서 일을 해야 한다는 생각을 열몇 살 때부터 하는 아이들. 스무 살이 될 때까지 섹스를 하지 않는다는 선택지가 없는 세계. 어디 멀리 있는 게 아니고 그냥 우리 동네였다. 당신이 어디에 살고 있든, 그 동네도 마찬가지일 것이다. 가난한 사람 없고 굶는 사람 없는 것처럼 보여도, 당신의 각종 주문을 받는 사람들 중 다수가 최저 시급을 받는다. 십 대라는 건 그마저도 보장받지 못할 수 있다는 뜻일 뿐이다.

사실 『십 대 밑바닥 노동』을 읽기 전에는 오랫동안 잊고 지냈다. 나는 약속된 한 달을 일하고 바로 그만두었기 때문이다. 과외 아르바이트보다 더 큰 돈을 벌었기에 제법 짭짤한 아르바이트였지만 아침 9시까지 매일 출근하기가 너무 힘들었다. 친구는 거기 남았다.

1년인가 지나서 지하철역 근처에서 나에게 주유소 아르바이트를 권했던 그 친구와 마주쳤다. 친구는 결혼을 했었다. 주유소 조장 오빠랑. 그는 나이가 아홉 살 정도 많았다. 그리고 그 결혼으로 친구는 자기 집에서 탈출할 수 있었다. 길거리에 서서 잠깐 이야기를 하다가, 그때 그 주유소가 딱히 월급이 후한 곳이 아니었다는 걸 알았다. 나는 대학생이었고, 그래서 시급을 일반 성인 시급(십 대 시급이 따로 있었다)으로 주었고 심지어 얼마를 더 얹어주었다는 것이다. 단지 내가 대학생이어서. 같은 곳에서 일했다고 같은 처우를 받지는 않았다. 같은 일을 한다고 같은 돈을 주지 않는다. 어디서는 학력을 가지고, 어디서는 성별을 가지고 당연하다는 듯 차별을 둔다. 하는 일이 아니라 그 사람이 가진 배경이나 조건, 그 자신이 선택한 적 없는 피부색이나 성별로 임금에 차등을 두어서는 안 된다. 그리고 나 자신도, 모르는 사이에 그런 혜택을 입고 있다.

일하는 가난한 여성들

가난하다는 것이 단순히 돈이 없다는 뜻이라고 생각한다면, 그래서 개인의 의지로 벗어날 수 있는 두꺼운 코트 같은 것이라고 생각한다면, 가난을 경험해본 적이 없는 사람일 가능성이 높다. 아니면 운 좋게도 고도 성장기에 돈이 오가는 길목에서 일할 기회를 잡은 사람일 수도 있겠다. 현대의 가난은 계층 이동 불가능성이라는 특징이 있다. 추락은 가능하되 상승은 불가능한 종류의 이동 불가능함이라, 자수성가도 과거의 푸른 꿈으로 끝났다는 뜻이다.

돈이 없다는 것은 인생의 모든 선택지가 줄어든다는 뜻이다. 이상적인 선택지가 머릿속에서 사라진다는 뜻이다. 자주 이사해야 한다는 뜻이며, 인간관계 역시 수시로 바뀌어야 한다는 뜻이다. 최현숙이 가난한 70대 남자 노인 두 사람을 인터뷰한 『할배의 탄생』을 보면 인터뷰이 중 한 사람인 김용술 씨는 일자리를 따라 전국을 떠돌며 여자들과 잠깐씩 관계를 맺었고, 결혼을 했으나 이혼했고, 지금도 여자를 만난다. 왜 그렇게 살아, 한곳에 정착해서 마음잡고 살아. 그런 말이 통용되지 않는 세계가 있다.

린다 티라도의 『핸드 투 마우스』는 미국에서 하루 벌어 하루 먹고사는 빈민 여성 생존기다. 빈곤이 삶의 모든 면모에 영향을 미친다고 할 때 그 정확한 뜻이 무엇일까. "우리의 노동윤리(또는 노동윤리의 부재), 우리의 스트레스 해소법(난잡한 빈자들이여), 우리의 건강관리 행태(안다, 내가 흡연자라는 사실이 어이가 없을 것이다)." 그리고 덧붙인다. 그럼에도 불구하고 그가 경험한 이 모든 것은 그나마 운이 좋은 경우라고. 백인으로 인식되고, 상대적으로 젊은, 외향적인 성격을 타고나 말을 조리 있게 하는, 교육을 잘 받은 사람이니까.

한국 일간지 경제면에서는 가난이라는 걸 7억짜리 아파트를 가진 사람이 임대업을 해보려고 5억짜리 집을 대출로 샀다가 겪는 어려움 정도로 말해버리는 경향이 있다. 시간당 6,470원을 받으며 일하고, 수당이 없는 초과근무를 하고, 퇴직금이나 4대 보험은 기대할 수 없으며, 그렇게 돈을 모아서 할 수 있는 최고의 여가가 인형 뽑기나 TV 앞에 앉아서 가성비 좋은 편의점 도시락을 매일 종류 바꿔가며 먹는 것 정도인 사람이 처한 어려움은 쓰지 않는다. 그들이 신문을 읽지 않는다고 생각하기 때문인가.

일을 하라고, 그래서 돈을 벌라고 하지만 린다 티라도는 "일자리 없이 가난한 것보다 일하며 가난한 것이 훨씬 비참하다"며 "죽도록 일하고 노동시간을 늘려 달라 애걸하고 동전 한 푼도 헛되게 쓰지 않는데도 정기적으로 전기세를 낼 수 없다면. 그것은 영혼이 죽는 경험이다"라고 말한다. 1년 동안 한 주도 빠지지 않고 맞벌이한 부부는 2만 5천 달러 정도를 번다. 그것은 미국 저소득층에 속하는 전체 인구 3분의 1 중에서 제일 상위에 해당하는 연소득이었다.

교육을 통해 더 나은 기회에 도전할 수 없을까? 대학 교육을 선택하려면 "현금을 내야 하고, 일터에서는 노동시간을 많이 할당받을 수 없게 되며, 스케줄이 경직되어 일자리를 찾기가 더 힘들어"진다. 티라도는 서비스업에 종사하기 전, 정치 조직 운동을 하며 더 보람차고 덜 고된 방법으로 생계를 이으려는 시도를 해본 적이 있었다. 정치 쪽 일이라고 임금이 높지는 않다. 위로 올라갈 수 있다는 특권을 제공받는 대가로 처음엔 아주 적은 보수를 감내해야 한다. "엄마와 아빠가 당신을 도울 수 있으면 다행이지만" 그렇지 않다면 그쪽 분야로 갈 수 없다. 국회의원 보좌관들이 하층계급 출신인 경우는 많지 않다. 가난한 사람이 할 수 없는 또 하나의 일은 무급 인턴이다. 돈을 내야 참여할 수 있는, 국내외 기관들이 주최하는 교육 프로그램들도 마찬가지다. 돈이 없으면 먼 미래를 내다보고 그런 투자를 할 수 없다. 언제나 '눈앞에 주어진 것을 택해야' 한다.

"결국에는 무언가 나쁜 일이 반드시 일어날 것임을 우리는 알고 있다." 가난한 사람들은 '오블리주'는 해야 하면서도 '노블레스' 취급은 받지 못한다. 생존의 요구에 시달리느라 자신의 가장 흥미로운 부분은 사라져버리기에, 누굴 만나 이야기할 화제라는 게 없는 사람이 되고 만다. 현실 세계라면, 〈귀여운 여인〉의 줄리아 로버츠는 최근 해고당하고 택시를 몰게 된 운전사와 결혼했을 것이다. 이 씁쓸한 깨달음에 이제 놀라지 않는다. 영화는 영화고, 현실만큼 끔찍하기는 쉽지 않다.

마마 돈 크라이

어머니가 전업주부인 친구는 직장 생활을 하고 싶어 했고, 외할머니 손에서 성장한 맞벌이 가정의 아이인 나는 전업주부가 되고 싶었다. 내가 고등학교에 들어갈 즈음에는 어머니도 일을 그만두었는데도 그랬다. 고등학교 때의 나는, 여자는 일 몇 년 하다가 결혼하고, 애를 낳고, 회사를 그만두는 게 가장 이상적이라고 생각했다. 전업주부인 어머니가 싸주는 도시락, 비 오는 날 우산을 가지고 데리러 오는 어머니의 모습 같은 것을 부러워했다. 지금 생각하면 어머니는 늘 초인적으로 나와 동생, 아버지와 당신의 어머니를 위해 모든 일을 했음에도 불구하고.

어머니는 나와 동생을 낳고도 일을 하러 나가느라 얼마나 고생했는지 전혀 숨기지 않았다. 어머니는 나를 낳고 두 달 만에 다시 출근했는데, 아직 젖이 불어 있는 상태여서 화장실에 앉아 젖을 짜서 버려야 했다는 이야기 같은 것.

어머니는 명동의 호텔 면세점에서 일을 했고, 꽤 능력을 인정받았다는데, 결국은 남 좋은 일 그만두고 자기 사업을 하기로 마음먹은 뒤에 시작한 가게가 잘 풀리지 않았다. 어렸을 때 집에 쌓여 있던 목각 인형들이 떠오른다. 아버지는 늘, 어머니가 결혼 전에 얼마나 똑똑하고 센스 있는 사람이었는지 들려주곤 했다. 두 분 모두 할 수 있는 최선의 노력을 다해 나와 동생을 키우셨다는 것을 잘 알고 있다. 그래서 모든 게 행복했다고 말할 수 있다면 좋겠지만.

성급한 일반화 하나. 인간은 다들 그냥 부모님과 다른 것을 원하는 게 전부인 시기를 겪는 것 같다. 진보적인 가정에서 자란 사람이 진보적인 언행을 우스워하고, 보수적인 가정에서 자란 사람이 보수적인 언행을 혐오하고 뭐 그런 일들. 그리고 나이가 들면서 부모와 닮아간다지. 그 결과 우리는 이런(!) 인간이 되는데도, 부모님은 좋은 것만 해주려고 그렇게 노력하고 살았다. 부모의 노력은 아이의 삶을 전적으로 책임질 수 없다. 부모와의 관계부터가 노력만으로 잘 풀리는 것은 아니다. 흠잡을 데 없는 완벽한 어머니의 딸이었던 여자 친구들 중 최소한 두 명이 거식증과 섹스 중독이 되었던 것처럼. 완벽한 어머니만큼 완벽하게 억압적인 아버지가 친구들 뒤에 있었는데, 억압적인 아버지는 대체로 집마다 있었고 완벽한 어머니는 드물었기 때문에 그때는 그걸 변수랍시고 생각했었다. 부모님이 모르는 아이들의 사생활. 평범하다고 말하는 가정의 사정이라는 것.

아이들이 모르는 부모의 사생활에 대해 생각할 때가 있다. 부모님이 사이가 좋았을 때, 부모님이 사이가 좋지 않았을 때를 떠올린다. 아버지가 건강이 안 좋아지고 일도 잘 풀리지 않아 어머니와 보내는 시간이 늘어났을 때, 아버지가 만들던 점심을(원래 아버지 손맛이 좋았다), 둘이 같이 보던 영화를(우리 집엔 거대한 DVD 컬렉션이 있었다) 떠올린다. 지치지도 않는 말다툼(당연히 돈 얘기)이 어머니에게는 충분히 행복하지 않았을지언정 또한 대화의 일부였던 그 미스터리한 시간을 떠올린다.

아버지가 돌아가신 뒤 집안 경제를 내가 완전히 책임지게 되었을 때, 더 이상 어머니가 돈 문제로 고민할 필요가 없어졌음에도 그때처럼 즐거울 일 또한 없어졌다는 것을, 어머니가 돌아가시고서야 깨달았던 일이 떠오른다. 저 혼자 똑똑한 줄 아는, 바른말이나 해서 속 뒤집는 자식이 할 수 있는 것이라고는 돈 걱정을 하게 만들지 않는다 정도. 나쁜 일은 없지만 좋은 일도 없게 만들어버린 것은 아닐까. 어머니의 건강 문제가 있었고, 더 평범했으면 좋겠다 같은 생각을 하기도 했다. 전부 다 내 관점에서 판단해버린 일들.

나는 어머니가 아버지를 만나지 않았고, 나를 낳지 않았다면 더 행복하게 잘 살았을지도 모른다고 생각한다. 그런 생각을 하면 기분이 좋다. 어머니에 대해 많은 말을 하고 싶지만, 어머니를 내 이야기 속으로 끌어들여 내 식으로 말하는 일을 해도 되는 것일까 생각하게 된다. 그 겨울밤, 집에 돌아왔을 때, TV도 꺼져 있고 집 전체가 냉골이던, 집 전체에 불이 꺼져 있던 그 불길했던 순간, 어머니 방의 불을 켜고 동생에게 전화를 걸기까지의 순간이 떠오른다. 나는 어머니와 싸우기도 잘 싸웠는데, 어머니 장례를 치르면서 한참을 울다가, 이 모습을 어머니가 보면 살아 있을 때 잘하지 그랬냐며 타박했겠네 하는 생각을 했다. 영원히 돌아오지 않는 것들.

내가 『책읽기 좋은날』이라는 첫 책을 냈을 때, 어머니는 알고 있는 사람들에게 다 전화를 걸어 자랑을 했다. 나도 남동생도 어머니 생전에 결혼하지 않았으니까, 그 책이 일종의 자식 결혼 자랑 대신이었을 것이다. 나는 자식 자랑할 일을 어지간히 만들어주지 않았었다. 외할머니가 돌아가시고 나서 어머니와 한참 대화를 나누다 어머니의 병을 처음 알게 되었던 때도 생각난다. 그런 생각을 하면 꼭 울게 된다. 울지 않고 아무것도 쓸 수 없다면, 아직 애도를 끝내지 못했다는 뜻일 것이다. 애도를 마치지 않는 것은 충분히 사랑하지 못한 인간의 절박한 자기 연민.

아버지 장례식 때 내 회사 사람이며 같이 일하는 사람들, 친구들이 많이 왔다는 게 엄마에게 자랑이었지. 엄마 장례식 때는 사람이 더 많이 왔어. 같이 울어준 사람도 많았지. 그걸 알았다면 엄마는 더 자랑스러워했을까. 영영 알 수 없는 것들. 들을 수 없는 대답.

우리는 과거에 상상했던 미래에
도달한 것일까

엄마도 태어나면서부터 엄마는 아니었다. 이 당연한 사실을 우리는 대체로 잊어버린다. 그렇게 생각하는 게 엄마를 착취하기가 편하기 때문이라는 생각이 뒤늦게 들었다.

"엄마"라고 부르며 시작하는 말은 뭘 해달라는 명령형의 순화된 버전 정도인 경우가 많다. 내가 치워둔 게 분명한 물건을 찾을 때, 배가 고플 때, 내가 입었지만 내가 세탁하지 않은 옷을 찾을 때, 내가 주문했으며 엄마가 쓰게 하지 않을 물건의 택배를 받아야 할 때, 반찬이 맛있거나 맛없을 때. 엄마를 자식 입장에서 바라보는 소설들이 종종 그 "엄마"로 시작하는 말과 같다고 느낄 때가 있다. 엄마에 대해서 말하기보다는 내 입장에서 본 엄마, 그랬으면 하는 엄마를 보여주고, 나아가 숭고함으로 포장한다고.

엘레나 페란테의 '나폴리 4부작'은 엄마의 이야기인데, 화자는 엄마의 친구다. 엄마의 젊은 시절을 들여다보고 말하는 주체가 자녀가 아니라 친구라는 것이 주는 아름다움이 있다. 엄마 친구는 나보다, 우리 아빠보다 엄마를 더 위하는 사람 중 하나다. 내 친구의 자녀들이 아무리 예쁘고 똑똑해도 나에게는 내 친구가 더 중요한 것처럼.

마리오 푸조의 소설 『대부』와 영화 〈대부〉 시리즈가 아버지와 아들의 이야기, 아들과 아버지의 이야기, 어떻게 아들이 아버지의 자리에 오르는가를 명시적이고 상징적인 방식 모두로 들려준다고 하면, 『나의 눈부신 친구』를 필두로 한 '나폴리 4부작'은 어머니는 어떻게 어머니가 되었나를 파고드는 여정이라고 할 수 있다. 또한 우리는 어떻게 지금 이곳에 도달했는가, 우리가 여정 중에 영원히 상실하고 만 것은 무엇인가를 탐험하는 여정이기도 하다. '나' 자신의 자서전이자 내 친구의 전기이기도 한 책을 써 내려가는 글을 통해서.

두 주인공이 태어난 게 1940년대 중반이니, 지금은 칠십 대에 접어들었을 것이다. 지금 노년에 접어든 여성들은 어떻게 성장했을까? 그 이야기를 가장 사적으로 가장 내밀하게 말하려면 어떻게 하는 게 좋을까. 엘레나 페란테는 친구의 이야기를 들려주는 여성을 설정했다. 소설이 시작하면 우리는 전화를 한 통 받는다. 친구 아들의 전화인데, 어머니가 사라졌다고 한다. 그리고 소설의 화자인 엘레나 그레코는 친구 라파엘라 체룰로에 대한 회고를 시작한다.

그를 '리나'라고들 불렀지만 화자인 레누는 사람들은 '릴라'라고 불렀다. 언제나 나에게 그녀는 릴라였다고. 회고로 이루어진 소설인데, 회고록이 아니라 소설인 덕분에 우리는 세세한 과거의 기억 속 장면을 마주할 수 있다. 1, 2권에 해당하는 『나의 눈부신 친구』와 『새로운 이름의 이야기』에서는 십 대와 이십 대의 그들이 등장하는데, 소녀가 여자가 되는 무수한 순간에 대한 포착으로 가득하다.

소녀가 성인 여성이 되는 순간은 언제일까. 무수한 문학 작품들은 그 순간을 포착하기 위해 노력해 왔다.

아니, 이것은 거짓말이다. 무수한 문학 작품들은 소년이 성인 남성이 되는 순간을 포착하기 위해 노력해왔다. 우리는 하루하루 살아가고 딱 그만큼씩의 시간을 뒤로 흘려보내며 앞으로 나아가지만, 과연 어떤 순간에 그전과 다른 방식으로 성인의 모습이 되는지 잘 알지 못한다. 흘려보낸 시간만큼 조금씩 달라지는 것인지, 혹은 어떤 불가역적이며 운명적인 성장의 순간을 맞이하는 것인지. 수많은 남성 작가들은 그 포착하기 어려운 순간, 소년들이 어떤 일을 겪는지 탐험해왔다. 그들의 아버지와 어머니, 그들을 매혹시킨 여성들 사이에서 남자 주인공이 어떤 경험을 쌓아가는지, 이른바 세계 문학 전집의 수많은 작품들이 그 순간들을 들여다보기 위해 쓰였다.

소녀들에 대해서라면 어떨까. 소년이 경험하는 일을 소녀도 동일하게 경험할까. 마음에 드는 사람에게 대시하고, 아버지의 직업을 이어받기를 요구받으며 학교에 가고, 또 세상으로 나아가는 일이 가능할까.

결론부터 말하자면 소녀와 소년에게는 같은 일이 일어나지 않는다. 그럴 수가 없다. 한국 사회뿐 아니라 이탈리아 사회, 세계 어느 곳에서도 남녀가 완전히 동등한 조건에서 양육되는 일은 흔치 않다. [(가정에서 동등하게 양육한다 해도 유치원에 가는 순간부터 여자, 남자다운 행동이라는 것을 학습하게 된다. 어른들이 주는 선물은 분홍색이거나 파란색이다. 성별에 따라.)] 하물며 1950~1960년대의 이탈리아, 그것도 남부의 나폴리라면?

여자가 공부를 하는 일이 낭비처럼 인식되던 시대, 어서 결혼해서 아이를 낳는 것이 여성으로서의 성공으로 느껴지는 시대, 여자는 선택하기보다는 선택당하는 것을 기다려야 했던 시대에 레누와 릴라는 아주 멀고 굽은 길을 떠난다. 그들을 둘러싼 남자들의 인생이라고 더 편했던 것은 아니다. 하지만 돈이 있고 명예가 있어도, 돈이 없고 명예가 없어도, 같은 계급의 남성보다는 여성이 더 어려운 상황에 처하곤 한다. '나폴리 4부작'에서는 여자들이 그들을 사랑하는 남자들의 폭력을 받아들이는 과정이 상세하게 묘사되고 있다.

이 소설에서 내가 좋아하는 대목 중 하나는 레누와 릴라, 그리고 동네 아이들 몇이 다른 동네에 가서 문화 충격을 겪는 장면이다.

키아이아 가 쪽으로 들어서자 국경을 건너온 것 같은 느낌을 받았다. 사람들로 가득 찬 그 거리와 우리 동네를 비교했을 때 느껴지는 비참할 정도의 차이를 나는 기억한다. 내 눈에 들어온 것은 남자들의 모습이 아니라 내 또래 여자아이들과 숙녀들의 모습이었다. 그들은 우리와는 완전히 다른 존재들이었다. 다른 행성에서 온 것처럼 옷을 입고 있었고 바람을 타고 걸어 다니는 것 같았다.

이성을 보고 설렘을 느끼는 감정만큼이나, 나를 압도하는 동성을 보고 지금 나 자신을 돌아보는 경험. 그 강렬한 또래 문화 속에서 '지금의 나 자신'과 나 자신을 둘러싼 많은 것들을 싫어하게 되는 것, 여기서 탈출하고 싶다는 감정을 강렬하게 경험하는 것이 이 시기에 굉장히 중요하게 그려진다. 그리고 더 나은 내가 되고 싶다는 욕망은 당연히, 내 친구보다 더 나은 사람이 되고 싶다는 욕망으로 이어지기 마련이다. 아주 가까운 친구라고? 그렇다. 그렇다면 그 친구보다 더 나은 존재가 되고 싶다는 욕망은 그 거리가 가까운 만큼 더 강렬할 것이다. (인간은 평등하며 너는 너 자체로 아름다운 인간이라는 말, 멋있다고 생각한다. 나도 그렇게 생각한다. 하지만 그런 말은 나이 마흔이 되어서도 스스로를 설득하기 쉽지 않을뿐더러 십 대에는 더더욱 받아들이기 어려웠다. 그런 말을 하는 대상이 된다는 것부터가 하자가 있는 것처럼 보였으니까.)

실제로 레누는 릴라에게 그런 욕망을 느낀다. 릴라는 총명하고 아름답다. 레누가 관심을 가진 거의 모든 남자는 릴라를 쳐다보고 있다. 릴라는 편지를 써도 레누보다 깊이 있게 쓸 줄 안다. 중학교도 고등학교도 다니지 않았지만 라틴어와 그리스어를 더 잘 이해하고 있다.

이야기를 끌어가는 레누는 릴라의 우월함에 대해 이야기하지만, 우리는 지금 이 순간 우리를 이렇게 책장에 코를 파묻고 읽게 하는 레누야말로 얼마나 아름다운 글을 쓸 수 있는 사람인지 잘 알고 있다. 하지만 그런 레누는 릴라만을 보고 있는 것이다.

그래서 소설을 읽으면서 당연히 릴라보다는 레누에 감정이입을 하게 되는 것인지도 모른다. 질투의 대상보다는 질투를 느끼는 사람의 감정에.

많은 회고조의 이야기에서, 글을 써 내려가는 화자는 사건의 중심에 있는 인물이기보다는 주변인인 경우가 많다. 『위대한 개츠비』가 그랬고, 영화 〈친구〉가 그렇다. 어쩌면 책을 읽고 쓰는 행위 자체에 굉장히 정적인 면이 있기 때문일 것이다. 친구가 세상을 경험하는 동안, 나는 여기 앉아서 그것을 듣고 보고 관찰하고, 요즘 식으로 말하면 물고 뜯고 맛보며 평을 한다. 그리고 고통스러워하는 것이다.

인생은 저기 있는 게 아닐까. 난 지금 무엇을 하고 있을까.

인생이 저기 있는 게 아닐지 몰라도 여기에는 확실히 없는 것 같아.

매 순간 레누가 절절하게 고백하는 질투의 감정이야말로, 우리를 이 책에 매어놓는 역할을 제대로 하고 있다. 우리가 가장 인정하기 힘들어하는 감정은, 가깝고 내가 사랑하는 사람에게 느끼는 질투와 나 자신에 대한 끝없는 불안이니까. 나는 소녀를 여자로 만드는 것은 남자보다는 여자라고 생각해왔다. 엘레나 페란테는 그게 정확히 어떤 뜻인지를, 아주 두꺼운 네 권의 소설로 들려주고 있다.

＊

나는 아이를 낳지 않았다. 엄마 됨에 대한 나의 심리적인 간접 경험이라고는 친구가 이혼 직후에 심리상담을 받으러 갔을 때 들은 말에서 울 듯한 기분을 느꼈던 일 정도다. (그 선생님이 남자 환자에게도 똑같은 처방을 내리는지는 모르겠다. 하지만 자기 자신을 극도로 싫어하게 된 상황에 처한 나 자신이나 여자 친구들에게 이

조언을 건넸을 때 눈물을 글썽이지 않은 경우가 없었다.)

"당신 자신을 당신의 딸이라고 한번 생각해보세요. 지금 자신에게 하고 싶은 말, 스스로에게 사주고 싶은 것……. 어떻게 달라지나요? 스스로에게 자학하며 던지는 말을, 딸에게라면 하고 싶으세요? 지금 스스로에게 과분하다고 생각하는 것들을, 딸에게라면 아끼고 싶으신가요? 나는 내 딸이다, 내가 사랑하는 내 딸이다 생각하고, 마음이든 물건이든 어떻게 해주고 싶은지 생각해보세요."

나 자신이 딸이었던 기억, 무조건적인 사랑을 받은 기억을 잃어가며 나이를 먹는다. 세 살 난 딸에게는 배꼽 뽀뽀도 해주고 매일 안아주고 사랑한다는 말도 해주던 부모들은 이제 늙거나 죽었고, 나 역시 그런 애정 표현은 해준대도 싫다. 그런데 그냥, 사랑하는 내 딸이다라는 확신에 찬 감정만으로도(내가 내 딸을 사랑하는 감정이란 나 자신을 사랑하는 감정보다 긍정적으로 받아들이기 훨씬 쉽다. 신기하게도 그렇더라.) 아주 약간은 고통이 가라앉는 것을 느낀다. 우리 엄마도 나를 이런 감정으로 생각했을까를 생각하면 조금은 울게 된다.

나는 네가 살지 말아야 할 집을
알고 있다

●

나는 종종 여성이 혼자 사는 집의 월세를 들은 남성들이 "비싸다"고 타박하거나 (좋게 말해) 조언하는 말을 듣곤 한다. 방 몇 갠데요? 원룸인데 그 가격이라고요? 동네는? 아니 지하철역에서 조금만 들어가면 더 넓고 싼 집이 있는데 왜 굳이 그렇게 돈을 써요?

월 5만 원, 10만 원 더 지불하는 월세라는 것이 낭비나 허영으로 보일지 모르겠지만 세상에는, 여자에게는 안전 비용이라는 게 있다. 안전을 위해 추가 비용을 부담하는 것이다. 혼자 사는 여성이라면, 혹은 혼자 있는 시간이 많은 여성과 함께 사는 가족이라면 염두에 두어야 할 것이 바로 안전 비용이다. 몇만

원 아끼려다 매일 귀갓길에 두리번거리고 밤잠 설쳐 가며 고생하는 수가 있다. 그 모든 것이 걱정이나 근심에 머물지 않고 범죄 사건으로 이어질 수 있다. 더 싼 집이 있는 걸 몰라서 돈을 더 쓰는 게 아니다. 돈을 더 내고라도 안전을 확보해야 한다. 당신의 안전보다 귀한 것은 없다.

한국여성민우회에서 펴낸 『내가 살 집은 어디에 있을까?: 떠돌이 세입자를 위한 안내서』에는 성별을 불문하고 처음 자기 집을 구하는 사람들이 생각해야 할 기본적인 정보들이 실려 있다. 이 책 중 '덜 나쁜 반지하와 옥탑 분별법'이라는 글에서 (반지하나 옥탑이 아닌 집에도 적용되는) 안전한 집을 고르는 가장 기본적인 팁 몇 가지를 제공한다. 책의 팁에 더해 안전한 집을 고르는 방법을 추가해보았다.

■ 낮에 불을 다 끄고 얼마나 어두운지 확인해볼 것. 사람들이 많이 다니는 길가에 위치한 반지하의 경우 도난이나 각종 범죄에 노출될 수 있으니 방범창이 없다면 꼭 집주인에게 요구하자.

: 집 안이 낮에 얼마나 어두운지를 확인하는 것은 겨울철에 난방비를 과도하게 많이 쓰지 않기 위해서도 필요한 일이다. 낮에도 어두운 집은 대체로 겨울

에 무척 춥다. 더불어, 집 근처를 밤에 꼭 다시 방문해볼 것. 낮에는 행인이 있어도 해가 지면 인적이 뚝 끊기는 곳이 있다. 이런 곳은 집을 구할 때 피하라. 꼭 해가 진 밤에, 봐둔 집 앞까지 가봐라. 근처에 가기 무섭다 싶으면 그 집은 안 된다. 낮에 조용한 집은 밤에 으슥한 집이 되기 쉽다.

■ 반지하의 경우 창문의 방향을 잘 살피자. 창문이 곧장 주차장과 맞닿은 경우 매연, 소음 등이 심할 수 있다. 사생활이 보장되는지도 확인할 것.

: 집의 창문은 모두 중요하다. 창문으로 도둑이 들어오고 냄새가 들어오고 소음이 들어온다. 창문으로 당신 집 안이 밖에 드러난다. 창문이 옆집과 가까이 붙어 있지 않은지, 방범창은 잘 되어 있는지 확인한다. 창문을 밖에서 열고 들어올 가능성이 있는 구조인지 살핀다.

■ 옥탑의 경우 계단을 잘 살피자. 철제 계단이나 가파른 계단의 경우 비나 눈이 오면 미끄러워 위험할 수 있다.

: 계단참의 위험은 그게 다는 아니다. (1)야외 계단으로 올라가는 경우, 당신이 어느 집으로 들어가

는지 훤히 볼 수 있다. (2)실내 계단으로 올라가는 경우, 모션 디텍터(움직임을 감지해서 자동으로 불이 켜지는 장치)가 복도나 계단에 있다면, 외부에서 당신의 집 위치를 쉽게 알 수 있다. 특히 집 근처에서 누군가 따라오는 것 같다거나 쳐다보는 것 같은 기분에 불안함을 느끼는 상황이라면 집 위치가 노출되지 않게 하는 게 좋다. 층층이 불이 켜지는 것을 밖에서 누군가 보고 있었다는 이야기는 불행히도 내가 직접 들은 것만 해도 너무 많다.

■ 옆집 옥탑이 내 옥탑보다 높을 경우 사생활 침해의 가능성이 있으니 주의하자.

: 일단 이웃집의 어느 부분이든 당신 집에서 들여다볼 수 있다면 당신 집도 들여다보일 수 있음을 명심할 것. 맞은편 집이 있을 때는, 가능한 한 혼자 있을 때 창문이 훤히 노출되지 않게 조심해야 한다. 만일 유흥가에 집이 위치해 있다면 밤에 취객이나 스킨십하는 연인들이 계단참이나 창문 아래서 흡연, 구토, 섹스를 할 수도 있다. 사람이 많은 틈을 타서 되려 대담하게 도둑이 침입을 시도할 수도 있다.

＊

　마지막으로, 이건 순전히 기우에 불과하기를 바라지만, 현관 근처(복도 천장이나 벽)에 못 보던 CCTV가 설치되어 있다면 반드시 집주인이나 관리인에게 확인하라. 이사 직후에는 열쇠 장치를 아예 새로 바꾸는 것도 권한다.

마흔 살의 내가 스무 살의 나에게

음악을 듣는 일로 십 대를 보낸 사람이라면, 스물일곱 살쯤 죽는 것이야말로 천재 인증 아닐까 생각해봤을 것이다. 3J, 즉 재니스 조플린, 짐 모리슨, 지미 헨드릭스의 때 이른 스물일곱 살의 죽음. 윤동주도, 커트 코베인도, 에이미 와인하우스도 그랬다. 그런 허세 섞인 생각이 아니라도, 나는 '근사한 사라짐'에 대해 생각하곤 했는데 그것은 꼭 죽음만을 뜻하는 건 아니었다.

스무 살 때 IMF가 닥쳤다. 차비도 없어서 곤란을 겪는 나날이 이어졌지만, 한편으로는 언젠가는 다 나아지고(이쯤에서 눈치챘는지 모르겠지만, 그땐 막연한 상상밖에 하지 못했다) 미래라는 것을 계획할 수 있겠지 낙관했다. 대학교를 졸업하고, 취직하고, 결혼하고, 아이를 낳고. 그중 진심으로 원하는 건 하나도 없었는데도, 나이 들면 그냥 그렇게 되는 줄 알았다. 물이 위에서 아래로 흐르듯이.

근사한 인생. 그게 뭔지는 몰랐지만 근사하지 않은 게 뭔지에 대해서는 확실한 감이 있었다. 영화 〈종이달〉에서 주인공 우메자와 리카(미야자와 리에)의 은행 동료 스미 유리코(고바야시 사토미) 같은 경우 말이다. 소설이 아니라 영화로 말하는 이유는, 이 캐릭터가 소설에 없기 때문이다. 〈종이달〉은 소설과 영화가 대동소이해 보이지만, 내겐 그 '소이(小異)'가 중요했다. 마치 몇 겹의 이부자리 아래에 있는 콩 한 알 때문에 잠 못 드는 공주라도 된 것 같았다. 소설과 영화의 다른 지점들이 계속 나를 긁었다. 소설의 리카보다 영화의 리카는 훨씬 아름다웠다. 미야자와 리에라고? 영화를 보기 전부터 나와 나이가 비슷한 남자 동료들은 『산타페』(1991년 출간된 미야자와 리에의 누드 사진집으로, 그는 당시 열여덟 살이었다) 이야기를 했다. 나이 들긴 했지만 여전히 멋지다며. 그런데 소설 속 리카는 그보다는 수더분한 쪽이었다. 배우의 미모가 문제인가? 아니, 문제는 좀 더 복잡했다.

간단히 이야기를 요약해보자. 우메자와 리카라는 마흔한 살의 주부가, 근무하던 은행에서 1억 엔을 횡령하고 타이로 도주했다. 리카의 회상과 리카 주변 사람들의 회상이 겹쳐지면서, 그저 평범해 보였던 리카가 어떻게 횡령범이 되었는지를 보여준다. 리카는 나이 든 고객을 상대로 직접 집으로 찾아가 예금을 받거나 금융 상품 가입을 돕는 직원이었다. 그러던 어느 날, 고객들이 자신을 신뢰할뿐더러 몇 가지 조작이면 중간에서 돈을 빼낼 수 있음을 알게 된 리카는 연하 연인과의 연애를 위해, 그리고 삶을 더 반짝이는 것으로 만들기 위해 점점 큰 돈을 빼낸다.

소설 속 리카는 이렇다.

> 훗날 돌이켜 보면 확실히 그날 아침 이후, 자신의 속에서 무언가가 달라졌다는 걸 인정하지 않을 수 없다. 그리고 변화의 계기는 고타와의 섹스가 아니라, 그날 아침의 정체 모를 만능감이었던 것 같다. (중략) 옷과 액세서리를 사는 데 주저함이 없어졌다. 리카의 마음속에 말로 표현할 수 없는 초조감이 있었다. 다음에 만났을 때, 고타는 나의 정체를 간파하지 않을까.

내가 자존심이나 자신감을 빼앗을 만큼
매력적인 여자가 아니라, 한낱 지루한
일상을 보내는 주부란 걸 간파하지 않을까.
그리고 어째서 이런 아줌마를 안았을까
하고 후회하는 게 아닐까. 그의 주위에는
언제나 터질 듯이 탱탱한 피부를 가진
여자아이들이 많이 있지 않을까. 설령
그것이 싸구려여도, 하찮은 것이어도 옷을
사고 액세서리를 사고 화장품을 하나 사면
그 초조함은 덜해졌다.

소설 속 수수한 리카를 보며 그 불안감을 손에 잡을 수 있을 듯 느꼈다면, 영화 속 리카를 보면서는 다소 낯선 기분에 빠져들었다. 마흔 살이 넘었다, 나이든 여자가 되었다는 데서 남자들은 여신이 인간계로 내려온 듯한 격세지감을 느끼는 모양이지만, 내 눈에는 그냥 미야자와 리에였다. 여전히 아름다운. 그 대조군으로, 영화에서는 친절하게 스미라는 동료를 만들어 보여준다.

스미는 원칙대로 일하는 은행원이다. 리카의 부정을 잡아내지만, 그래 봐야 은행에서는 나이 든 리카를 좌천시키지 못해 안달일 뿐이다. 버섯머리에,

151

고지식한 성격, 충성을 다했지만 회사에서 비웃음이나 사는 스미. 그에 비하면 영화의 리카는 블링블링이다. 아름답고 훤칠하다. 심지어 영화 속에서 리카는 횡령 사실에 대해 조사를 받다 스미와 단둘이 남게 되었을 때 의자로 유리창을 깨고 달아난다. 스미는 뒤에 남는다. '끝까지 가는' 멋진 리카. 그리고 '뒤에 남는' 평범한 스미.

영화와 책의 소소한 차이는 하나 더 있다. 마지막 장면이다. 책 속 리카가 스스로를 세상 속으로 되돌리는 듯하다면, 영화 속 리카는 타이 한 도시의 군중 속으로 사라져버린다. 잡혀 오면 역시 남는 것은 이제 루머 속에서 감옥살이하는 것밖에 없다. 그냥 사라져버리는 쪽이 더 멋지지 않은가.

날 불편하게 하는 것은 영화의 이 '멋짐'이었다. 나는 올해로 마흔 살이 되었다. 예쁘고 멋진 언니가 횡령도 하고 연하남도 사귀고 끝내주는 인생을 살다가 시야에서 사라져버린다는 게 멋지다고 동경하지 않을 사회생활을 했다. 그리고 궁금해졌다. 아름답고 화려하게 살다가 사라지는 게 어디가 멋있지? 아름답고 화려하게 사는 것에는 아무 문제도 없다. 하지만 사라지는 것은 글쎄. 사라지면, 그는 어디로 가는

가? 시야에 없어도 여전히 아름답고 여전히 화려한가? 그는 시야에서 사라진 뒤, 어쩌면 일본으로 돌아와 죗값을 갚는 것보다 못하게 살아야 할 수도 있다. 영화에서 리카가 유리창을 깨고 나간 시점부터 그녀의 삶은, 마치 상상 속의 일이나 꿈같아 보인다.

소설이 '끝까지 갔고, 그리고 이제 그 모든 것을 되갚기 위해 세상 속으로 다시 한 발'이라는 느낌으로 끝난다면, 영화는 '끝까지 당당한 그녀, 그림처럼 사라지다' 같은 인상인 것이다. 스무 살의 나라면 스미보다는 리카를 택했을 것 같고, 마흔 살의 나는 리카보다 스미에 가깝다. 그 둘 사이에 메울 수 없는 간극이 있다. 영화는 리카를 빛바랜 실패자로 만들지 않기 위해 미야자와 리에를 캐스팅하고, 대조군으로 스미를 세우고, 마지막 장면을 바꾸었다. 그리고 나는 그 엔딩에서 잔인함을 느낀다. 사라져버리면 근사하게 전설로 추억해주는 거야? 스미처럼 좌천에도 굴하지 않고 자리를 지켜서는 안 되는 거야? 여자 소설가가 쓴 작품을 남자 감독이 영화로 옮기면서 이런 차이가 생긴 것은 우연일까.

인생은 짧고 굵은 게 멋지다고 생각했던 스무 살의 나에게 마흔 살의 나는, 타인의 시선에 멋진 것은

153

생각하지 말라고 말해주고 싶다. 스무 살의 나는 아마 알아듣지 못할 것이다. 그리고 구질구질한 건 싫다고, 그럴 거면 때려치우라고 마흔 살의 나에게 충고할 것이다. 그러면 나는 그저 쓰게 웃으며, 여기 사람 있어요, 하고 누구에게랄 것 없이 구조 요청을 하리라. 시야 밖으로 밀어내지 말아주세요, 하고.

이어 읽기

●

괜찮냐고 묻고 싶은 당신에게

도쿄 도내의 삼십 대 여성이 물 받은
욕조에 생후 8개월 된 딸을 떨어뜨렸다.
퇴근한 남편이 발견하고 구급차를
불러 딸을 병원에 데려갔으나 이미
사망한 상태였다. 아기 엄마는 '울음을
그치지 않아서 어떻게 해야 할지 몰라
떨어뜨렸다'고 사고가 아닌 고의였음을
인정했다. 그녀는 살인죄 혐의로
체포되었다.

──『언덕 중간의 집』, 가쿠타 미쓰요 지음

『언덕 중간의 집』의 주인공 리사코가 보충 재판원*으로 참여하게 된 사건은 신문에서 읽은 기억이 뚜렷한 그 사건이었다. 안 그래도 보충 재판원으로 참여하는 것 자체가 내키지 않았던 리사코는 자신이 뽑히지 않으리라 생각한다. 리사코는 피고와 비슷한 입장이기 때문이다. 그는 육아를 하는 전업주부였고, 리사코 역시 그렇다. 리사코의 아이가 2년 10개월이라는 차이가 있을 뿐. 집으로 돌아가는 대신 사건을 가까이서 살펴볼 기회를 얻게 되었고, 자신이 사건의 피고와 크게 다르지 않은 상황에 처해 있다고 생각하게 된다. 그렇게 리사코는 아이를 낳고 키운 지난 3년여를 돌아보기 시작한다.

　여자는 아이를 낳으면 자동적으로 엄마가 되고 모성애를 느낄 수 있는 것일까? 책 속 리사코의 지인 말을 빌면 "엄마의 씨앗 같은 게 우리 안에 숨어 있다가 아기를 낳는 순간 그게 확 자라는" 것일까? 한밤에 아이가 우는데 남편은 잠에서 깨지 않았다. 아이

　＊ 재판원 재판은 일반인으로 구성된 여섯 명의 재판원이 세 명의 판사와 함께 피고의 유무죄와 양형을 판단하는 제도이다. 보충 재판원은 정식 재판원 중 급병 등으로 결석자가 생길 경우를 대비한 인력으로, 보충 재판원 역시 매일 법정에서 심리를 지켜봐야 한다.

달래기는 리사코만의 몫이다. 너무나 피곤한 나머지 아이가 자신을 괴롭히려고 일부러 이러나 하는 생각마저 든다. 그런 나날이었다. 심지어 사건의 피고인 미즈호는 남편으로부터 육아 도움을 거의 받지 못했다. 남편은 밤에 우는 아이 때문에 잠을 설치면 일에 지장이 생긴다며 툭하면 집을 비웠다고 한다. 미즈호는 상담을 받아볼까 하다가도 남편이 화를 낼까봐 무서워서 그만뒀고, 남편이 결혼 전 교제했던 여자와 여전히 만난다는 사실까지 알게 되었다. 사건 당일에 대한 기억은 흐릿했다. 사건 심리는 8일간 지속된다. 딸을 시댁에 맡기고 심리에 참석한 리사코는 점점 사건에 빠져든다.

초반에는 육아 스트레스에 시달리던 전업주부가 자신과 비슷한 처지에서 극단적인 행동을 한 사건을 만나면서 충격을 받고 자신의 상태를 깨닫는 식으로 이야기가 풀려간다. 하지만 『8일째 매미』, 『종이달』을 쓴 가쿠타 미쓰요는 이번에도 여성을 주인공으로, 실제 뉴스에서 볼 수 있을 법한 이야기를 풀어낸다. 리사코는 생각한다. 생각이라는 걸 해본 지 오래되었다고. 그리고 어렸을 때부터 어머니가 했던 말들, 결혼한 뒤 남편이 자신에게 한 말들을 떠올린다.

영화로도 만들어졌던 『종이달』을 본 사람이라면

알겠지만, 예정된 파국에 반전은 없다. 그렇게 이야기가 끝난 뒤, 이 책을 읽은 사람과 『언덕 중간의 집』 결말의 리사코에 대해 대화를 하고 싶어진다. 리사코는 괜찮은 걸까, 그대로도 괜찮은 걸까, 하고.

웃어요 웃어봐요 좋은 게 좋은 거죠

내가 생각한 것보다 자주, 나를 키운 부모님과 외할머니께 감사하다고 생각한다. 나중에서야 알게 되었지만, 그분들은 하고 싶은 대로 할 수 있도록 나를 내버려두셨고, 그것은 한국 사회에서는 드문 일이었다. 고등학교 2학년 여름방학에 혼자 호주에 가고 싶다고 했을 때, 부모님은 집에 있는 돈을 끌어모아 보내주었고(남동생은 자신에게는 그런 기회가 없었다고 종종 푸념하는데, 내가 보기에 그것은 남동생이 영어를 잘 못했기 때문이었고 그 대신 사진을 전공하기로 해 카메라를 사주었는데, 이런 당연해 보이는 일이 한국 사회에서는 잘 벌어지지 않는다), 학교 일일 카페를 마친 뒤든 친구네 집에서 자든 외박은 물론이고 아예 통금이라는 것이 없었으며, 여자다운 옷차림에 대해서도 말을 들어본 기억이 없다. 나는 초등학교 때 가장 좋아했던 옷이 파란색 원피스였고, 지금도 파란색을 좋아할뿐더러 내게 잘 어울린다고 생각한다. 결혼하라는 말도 집에서는 들은 일이 없다. 물론 결혼에 관해서라면, 마지막 몇 년은 내가 집의 실질적 가장 노릇을 해서였을지도 모르지만. 남자아이와 사진을 찍기 싫으면 찍기 싫다고 대놓고 말했고, 애들이 몰려와서 나를 끌고 가 사진을 찍게 하려고 세워놓으면 하나 둘 셋을 세고 셔터를 누르는 순간 자리에 주저앉았다. 여하튼 남의 간섭이 싫으면 듣지 않았고, 하고 싶은 대로 하고 살았다. 아버지와 정치적 의견이 같던 때도 다르던 때도 디테일이 다르면 싸웠지 "네, 네"를 집에서 해본 적이 없었다.

이렇게 키워놔도, 세상에 나가면 얘기가 달라진다.

예를 들면, 나에게 여성적일 것을 요구한 가족은 없었지만(세탁기 쓰는 법도 나보다 남동생이 더 먼저 더 능숙하게 익혔고, 외할머니가 도시락을 싸줄 수 없는 날이면 어머니가 아닌 아버지가 도시락을 싸주셨다) 결국 대학교에 가고 사회생활을 하면서는 왜 나에게는 여성성이 부족한가를 고민하기 시작했다. 애교가 없다는 말을 듣고 무뚝뚝하다는 말도 들었다. 다른 집에서는 다 가르치는 것을 왜 나는 배우지 않았는가에 대해, 나름 진지하게 고민을 했다고 하고 싶지만, 정말이지 남이 뭐라고 하는 대로 따르는 재주가 없어서 그냥 무시하고 살았다. 한편으로는 남이 이래라 저래라 하니까 정말 내가 원하는 모습이 뭐든 그냥 싫어만 하는 건 아닌가 하는 고민도 꽤 했다.

대학에 처음 들어가서 경험한 충격 중에는 역시 EDPS의 세계를 빼놓을 수 없겠다. EDPS는 1990년대에 이십 대였던 사람들은 알고 있을, '음담패설'을 말한다. 여자는 뭘 하든 성적 대상화가 된다는 사실을 처음 익혔다. 그나마 학교에서도 프랑스인 교수들은 그런 면에서는 나은 편이라서, 학생이 교수와 맞담배를 피우든, 그게 여학생이든 남학생이든 다 당연하게 생각했다.

어쨌든 정작 과 선배들과 술을 마실 때 '웃긴 얘기'나 '신기한 얘기'를 듣다 보면 어디가 웃기고 어디가 신기한지, 이 얘기를 듣고 나는 웃는 것 말고 다른 답은 없는지 꽤 고민했다. 그리고 사실대로 고백하면, 그럴 때 웃는 법을 배웠다. 또래 문화가 별건가.

법적으로 부모의 동의 없이 결혼을 할 수 있고, 대통령도 뽑을 수 있지만, 선배들과 친구들에게 받아들여지고 싶다는 욕망은 이겨낼 도리가 없었다. 아무리 이상하다는 생각이 들어도.

그때 유명했던 음담패설 하나. 어느 남자 환자가 비뇨기과에 갔다. 그 환자는 성기에 문신을 새긴 사람이었다. 문신에 대해 여자 간호사와 남자 의사가 나중에 얘기를 하게 됐는데, 둘이 본 문신이 달랐다. 남자는 '암담'이라는 문신을 보았는데, 여자가 본 문신은 뭐였을까. 암스테르담. 깔깔.

전 세계 문화의 공통점에 대한 어느 남자 선배의 경험담. 선배가 무역 회사에 통역을 갔다. 술집에서 접대를 하게 되었는데, 한국 쪽 남자 직원이 일도 잘 풀렸으니 2차를 보내주고 싶은데 그래도 되겠냐고 물었다. 그런데 2차를 뭐라고 해야 알아들을지 잘 모르겠어서 선택한 표현이 즉, 'manger la femme'였다. '여자를 먹다'에 해당하는 표현이다. 프랑스에서 온 남자 직원이 웃으며 좋다고 해서 그날 모두 행복하게 일을 마무리했다. 걔들도 먹는다고 하니까 알아듣지 뭐야. 깔깔.

통역 얘기가 나와서 말인데, 이건 내가 본 일이다.

나도 프랑스어와 영어 통역 아르바이트를 한 일이 있었다. 프랑스어권의 나라들이 대거 참석한, 정부 기관 일이었다. 일을 마치고 집으로 가려고 나왔는데 어느 프랑스어를 쓰는 남자가 택시에 타서 운전기사에게 쪽지를 건네는 게 보였다. 한국어를 못하니까, 통역자에게 한국어로 특정 표현을 물었던 모양이었다. 그 쪽지에는 "588 가주세요"라고 쓰여 있었다.

통역을 했다는 선배가 들려준 얘기 중에는 이런 것도 있었다. 너네 일간지 여기자들이 어떻게 취재하는 지 알아? (남자 기자는 기자고, 여자 기자는 여기자라고 부르던 그의 언어 습관을 살려 여기자라고 썼다.) 기자들은 처음 회사에 들어가면 사쓰마리*라는 게 있거든. 그걸 하러 가면 사건이 들어와도 경찰들은 기자들한테 안 보여주려고 한단 말이지. 그러면 어떻게 하는지 알아? 같이 잔다는 거야. 여자들 무섭지 않냐?

이 이야기가 무서운 이유가 여자들에 있다고 생

---

* 사쓰마와리라고도 부르는데, 신입 기자들이 사회부에 소속되어 경찰서를 돌며 사건 사고를 취재하는 일을 뜻한다.

각하는 그의 정신 상태도 굉장했지만, 대체 저런 이야기는 어떻게 돌아다니게 되었을지도 궁금하다. 나는 그로부터 몇 년 지나지 않아 신문사 공채에 합격했는데, 그 선배는 내가 경찰들하고 자고 다닌다고 생각했을까 한참이 지나 생각이 났다. 깔깔.

나는 프랑스어를 배웠고, 샹송을 부르는 학회에 들어서 해마다 공연을 했는데, 그 사실을 알게 되면 남자들(사귀는 사람이든 직장 사람이든)은 높은 확률로 샹송을 불러달라고 한다. 고백하자면, 정말로 부른 적이 있었다. 윗사람들이 친히 기타 반주까지 하는 바람에 불렀다. 대학 때 친구는 미국 교포였는데, 문제의 학회에서 술을 마시러 가면, 남자 선배들은 그 친구에게 '미국식 발음'으로 이런저런 단어를 말해보라고, 억양이 신기하다고 했다. 그 단어들 중 지금도 기억나는 것은 '매사추세츠'다. 여자는 어느 나라 말을 해도 저런 걸 시킨다니까. 깔깔.

여자는 무엇에 대해서든 성적 판타지를 관련지어 요구받을 가능성이 크다. 제복 입는 일을 하는 여자들이 겪을 고충은 아득할 지경이다. 고등학교 때 교복 버렸다고 서운해하는 남자들을 보면, 다른 제복이라고 뭐가 다를까 싶어지니까. 여기서 잠깐. 성적 판타지를 충족시키는 것은 여성과 남성 모두에게 즐거운 일이다. 다만, 여자의 경우 개인의 욕망과 무관하게 어떤 상황에 처해 있다는 것만으로 반복적으로 같은 요구를 받을 가능성이 높다.

입을 제복이 없는 여자와 만나는 남자에게는 '알몸 앞치마'라는 판타지도 있는 것이다. '하다카 에이프런'이라는 일본어에서 온 표현인데, 이마저도 또 수입이 되었고.

여자가 혼자 산다는 말을 들으면 일단 낄낄거리는 남자는 상대하지 않는 게 좋다. 혼자 사는 여자와 외국에서 장기간 어학연수나 유학을 다녀온 여자에 대한 선입견도 굉장하다. 선입견을 갖고 있는 사람들의 생활이 어떤지 궁금하다. 좋다는 포인트와 경멸하는 포인트가 너무 같아서 오싹할 때도 있다. 혼자 사는 여자는, 그냥, 혼자 사는 여자다. 유학 다녀온 여자는, 그냥, 유학 다녀온 여자다. 그냥 그대로 둬도 좋으련만 거기에 성적 판타지를 씌우지 않고는 말을 잇지 못하는 경우를 본다. 너무 자주.

일본어를 할 줄 모르든 할 줄 알든, "이따이~ 이따이~ 이게 무슨 말인 줄 알아?"라는 식의 농담을 들을 기회는 열려 있다. 여자가 그 말을 알아들으면

까졌다고 생각하고, 못 알아들으면 "한번 해봐"라는 권유를 하는 남자들.

여자는 뭘 하고 있든 그냥 그대로 보아 넘겨지지 않는다.

＊

여성 문제를 비롯한 많은 문제를 포괄하는 이야기가 하나 더 있다.

삼풍백화점 붕괴 사고가 일어나고 얼마 지나지 않아 내가 들었던 도시전설이 하나 있다. 이것을 도시전설이라고 부르는 이유는, 실제 들었다는 사람은 없지만 꽤 파다하게 퍼진 이야기였기 때문이다.

이야기인즉슨, 강남의 큰 빌딩 화장실에 가면 소리 죽여 웃는 남자들이 있다고 했다. 안 그래도 사이가 안 좋던 마누라가 죽은 데다가 심지어 보상금도 두둑하게 받는다고. 그땐 그런 말을 듣고, 아무리 돈이 좋아도 가족보다 좋단 말인가 하고 탄식했는데, 지금 생각하면 탄식하고 말 일이 아니었다.

삼풍백화점 붕괴 사고에서 희생된 사람은 손님과 직원이 섞여 있었다. 여성들이 특히 많이 희생된 사고였던 것은 사실이다. 희생자의 유가족에는 남편만 있었을 리 없으며, 그들 모두가 사이가 좋지는 않았겠지만, 저 도시전설의 악독한 점은, '사이가 안 좋은 부부'를 마치 상대가 죽어도 웃을 수 있는 사람으로 상정하고 있는 데다가, 충분한 돈이 있으면 사람이 죽어도 된다는 식의 사고방식이 깔려 있다는 것이다. 특히나 낮에 '쇼핑이나 하는' 강남 여자에 대한 혐오도 그 저변에 존재한다. 누구라고 해도 그런 사고로 죽어서는 안 된다는 생각은 저 도시괴담에 아예 보이지 않는다.

세월호 유가족이 얼마를 받았다더라 하는 카톡괴담, 그것을 돌려 보며 유가족을 돈에 미친 사람들 취급하는 '보통의 사람'들을 떠올리면, 대체 우리는 어디부터 뭐가 얼마나 잘못된 걸까 생각하게 된다.

돈은 중요하고, 없어서는 안 될 것이지만, 그것이 생명을 사올 수는 없다. 사랑하는 사람, 가까운 사람을 잃은 타자에 대해, 그 정도도 이해할 수 없는 사회인가.

부엌에 선 여자들

영화가 시작되면 암전된 화면에 삭삭거리는 소리가 들린다. "무는 정말 대단해." "감자는?" 화면이 밝아지기 전에 소리와 대화만으로 무슨 상황인지 알 수 없다면, 당신은 요리에 대해서는 물론, 음식에 대해서, 가족에 대해서, 인생에 대해서 이해가 부족한 사람일지도 모르겠다. 삭삭삭삭. 대화를 나누는 두 사람은 구근채소, 더 정확하게는 그 대화에 등장하는 무와 감자를 조리하기 전 껍질을 벗기는 중이다.

"무는 정말 대단해."라는 대사로 시작하는 이 영화는 고레에다 히로카즈 감독의 〈걸어도 걸어도〉다.

큰아들이 죽은 기일, 노부부가 딸 부부와 둘째 아들 부부를 맞이한다. 영화 시작부에서는 노령의 어머니와 중년의 딸이 나란히 부엌 개수대에 서서 무와 감자를 손질하는 중이다. 사부작사부작. 어머니는 손을 쉬지 않으면서도 딸의 말, 외출하는 남편, 딸이 제 아버지에게 심부름을 시키는 말과 돌아오는 대답 등에 전부 귀기울이고 있다. 무가 대단하다고 말하는 이유는, 어머니 생각에는 무는 어떻게 먹어도 조리솜씨와 무관하게 맛있어서다.

온 가족이 모여 옥수수 튀김을 먹는다. 이 튀김에는 추억이 있다. 지금은 세상을 떠난 일본 배우 키키 키린이 연기하는 〈걸어도 걸어도〉의 어머니는 튀기는 소리를 배경으로 이야기를 늘어놓는다. "전에 살던 집 근처에 옥수수밭이 있었어. 한번은 밤중에 그 밭에 들어가서," 잠깐 말을 멈춘 사이 며느리가 궁금하다는 듯 얼른 묻는다. "훔쳤어요?" 어머니가 멋쩍다는 듯 말을 잇는다. "아버지가 말이지." 벌써 30년도 더 된 이야기다. 그렇게 훔쳐온 옥수수를 가족이 튀김으로 먹었다. 옥수수 튀김을 먹는 사각거리는 소리의 맛있음은 또 말해 뭣하겠는가. 다들 미소를 띠고 말을 주고받는다.

그런데 지금은 죽고 없는 큰아들이 한 이야기를

웃으며 추억하는 부모님 목소리를 들으면서, 둘째아들은 아무 말이 없다. 웃음기는 사라졌다. 한 집에 산다 해도 온 가족이 모여 대화를 길게 나누며 하는 식사는 잦지 않다. 하물며 장성한 자녀들이 고향을 떠나고, 가정을 꾸리고 살아가는 상황에는 더하다. 그나마 배우자와 아이들까지 모이는 자리니까 굳이 한마디라도 더 나누며 분위기가 얼어붙지 않도록 노력하고 있다. 이런 때일수록 서운한 기억이며 원망 같은 감정들이 더 쉽게 떠오른다. 모처럼 온 가족이 모인 식탁의 풍경은 그렇다.

ASMR이라는 말이 생기기 전에 이미, 마음을 편안하게 만드는 사운드로 나는 부엌의 소리를 사랑해왔다. 원고를 할 때 배경으로 틀어두기 좋은 소리. 음식 하는 소리. 분주하게 손을 움직이는 소리, 물이 흐르고 찰랑거리고, 불이 확 일고 그에 따라 뭔가가 팬 위에서 치직거리며 익어간다. 고레에다 히로카즈 감독의 가족영화들에는 보통 이런 일상적인 부엌 조리 장면이 들어가 있다.

고레에다 히로카즈의 데뷔작 〈환상의 빛〉에서 가장 좋아하는 대목은, 주인공 유미코가 죽은 남편을 추억하기 위해 들른 단골 커피숍 장면이다. 마스터라고 불리는 커피숍 주인은 바 좌석이 전부인 작은 커피숍을 운영한다. 죽은 남편이 살아있던 때 둘이 데이트 삼아 들렀던 커피숍에서, 핸드드립을 하는 물소리가 배경에 울린다. 이때 주전자에서 떨어지는 물소리는 커피를 기다리는 이들에게 기분 좋은 소리다. 혹은, 유미코가 재혼한 남편의 집 부엌에 서서 물일을 하는 장면에서도 물소리가 난다. 방 안에서는 사람들 말소리가 들린다. 어둑한 부엌, 유미코는 혼자 서 있다. 죽은 남편을 잊지 못하고 있는 유미코가 혼자 있을 수 있는 곳은 이곳 부엌뿐일지도 모른다. 이때의 물소리는, 약간은 우는 소리 같다. 자기 공간을 따로 갖지 못한 여성들이 감정을 삭이는 곳.

부엌은 위험하고, 시끄러운 공간이다. 어머니의 손맛, 집밥 같은 말이 주는 정적이고 평화로운 느낌과는 거리가 멀다. 다른 일과 병행할 수 없는, 품이 드는 노동의 공간이고, 물과 불, 기름, 칼을 비롯한 날카롭고 뾰족한 물건들을 다루는 곳이다. 그곳에서 능숙한 솜씨로 먹을 것을 다룰 때 나는 소리에 왜 이렇게 쉽게 마음이 놓이는지. 집에서 이 소리를 들으려면 내가 나서서 요리를 해야 한다. 하지만 굳이 배가 고프지 않고, 요리를 한 뒤에 먹고 치울 일이 귀찮다. 그런 때 마음을 안정시키는 소리로 듣는 것이다.

요리하는 소리를. 대화의 배경으로 울려 퍼지는 달그락거리는 그릇 소리, 튀김기름이 만들어내는 빗소리 같은 맛있는 울림.

고레에다 히로카즈는 일본에서 드라마 〈고잉 마이 홈〉(2012)을 연출하기도 했는데, 그 작품 역시 첫 장면이 부엌에서 기름을 사용한 요리의 소리를 들으며 책을 뒤적이는 남자의 얼굴에서 시작한다. 푸드 스타일리스트인 아내, 프로듀서인 남편, 그들의 딸. 이 가족을 중심으로 진행되는 홈드라마에서 음식을 만들고 먹는 장면은 수시로 등장한다. 집 안팎에서도 마찬가지. 사람들은 서로 어울리는 순간들에 먹고 마신다. 라멘집의 조리하는 소리는 남자들의 몫이다. 대화가 오가는 너머로 삶은 면의 물기를 털어내는 소리가 연하게 울린다. 무언가 끓는 소리도 들린다. 이런 장면들에서 후루룩 먹는 소리 역시도 기분 좋은 허기를 일깨우곤 한다.

집이든 상업공간이든 부엌이 영화에 등장할 때는 언제나 이렇게 기분 좋은 생활소음과 함께 한다. 먹을 것을 앞에 둔 사람들의 여유로움, 긴장이 풀린 듯한 상태에서 오가는 대화. 그저 맛있어보이는 무언가가 자신 있는 손놀림 끝에서 탄생하는 장면만 봐도 기분이 좋아진다. 치지직, 보글보글, 바삭바삭.

할 일이 있을 때 생활소음으로 영화 속 부엌 소리를 듣는 사람은 나 말고도 있었다. 소설가 백영옥 작가가 진행했던 라디오 프로그램 〈라디오 디톡스 백영옥입니다〉에 출연했을 때 〈걸어도 걸어도〉를 소개했더니 백영옥 작가가 "음식 만드는 소리 너무 좋죠. 그 대목만 반복해서 몇 번이나 봤는지."라고 말해서 둘이 웃은 적이 있었다. 영화 〈리틀 포레스트〉 한국판이 나오기 전, 일본판 〈리틀 포레스트〉 때도 그랬다. 영화의 내용? 내용은 그냥 강백호가 말하는 "왼손은 거들 뿐"의 왼손 같은 거 아닐까? 중요한 건 메뉴다. 다양한 조리법이 등장하는 영화라는 점이 〈리틀 포레스트〉의 강점 아닌가 말이다. 신기한 점은, 이런 소리는 영화로 들을 때 더 맛깔나고 행복하다는 것이다. 매일 부엌에 서는데, 그때와는 다르다. 내가 하는 요리와 남이 하는 요리의 차이점이다.

한국에는 '집밥'에 대한 우스울 정도의 신화화(아무리 비싸고 맛있는 걸 먹어도 어머니의 집밥만 못하다는 식의)가 있는데, 그 집밥의 가혹한 진실은 '비포'와 '애프터'에 있는 듯하다. 혼자 살림을 하다가, 긴 여행이

나 타지 생활을 하다가 부모님 집에 갔을 때, 자다가 깨 문밖 부엌 방향으로부터 전해오는 도마 위의 칼질 소리를 듣는 일 같은 것. 보글거리며 끓는 찌개 소리, 그릇과 수저가 상에 놓이는 소리. '내가 먹을 음식'을 정성들여 만드는 '다른 사람이 일하는 소리'가 집밥 판타지에는 포함되어 있다. 메뉴를 정하는 단계에서 지갑사정을 살피고, 제철 재료를 생각하고, 냉장고에 있는 '해치울' 신선식품을 활용한 메뉴를 짜고, 그러고 나서 '장보기 목록'을 작성한 뒤 장을 보고 돌아와서 비로소 시작되는 요리과정.

요리책에는 '야채를 모두 다듬어놓습니다'라는 한 문장으로 표시되지만, 실제로 씻고, 다듬고, 깎고, 썰고, 다지는 데 드는 시간. 여러 요리를 동시에 해야 한다면 순차적으로 조리할 순서를 생각하는 일, 익는 순서와 서빙하는 순서를 고려해 재료를 투입하는 타이밍을 재는 일. 참 듣기 좋은 소리고 마음을 편하게 하는 ASMR사운드인 이런 소리들은 타인의 노동일 때 마음이 놓인다.

왜 엄마들은 가족이 밥을 먹고 싶을 때 먹게 하는 게 아니라 "지금 빨리 나와서 먹어!"라면서 불러내는 것일까 궁금했던 때가 내게도 있었다. 당장 나가야 하거나 좀 더 누워있고 싶어서. 그러나 요리를 해보면 안다. 그 한나절 가까운 노동을 통해 따뜻한 식사가 마련되면, 가장 맛있을 때 식구들이 모여서 밥을 먹으면 좋겠다. 요리하는 사람에게는 '가장 맛있는 순간'이 보이지만, 먹기만 하는 사람에게는 보이지 않는다. 요리하는 소리를 ASMR로 만끽하기 위해서는 부엌이 아닌 곳에 있어야 한다. 조리대 앞에서 그 모든 소리는 정보(불을 줄일 타이밍인가 끌 때인가)를 포함한 긴장을 유발하니까. 그런 면에서 영화에서 '흘러나오는' 맛있는 소리란 얼마나 좋은가. 한발 떨어지니 음식이 아니라 감정이 보인다.

고레에다 히로카즈 감독의 영화들은 자기 집 부엌에 선 여자들의 표정의 뉘앙스를 잡아내는 데 뛰어나다. 귀로는 맛있는 것이 만들어지는 소리를 듣지만, 눈으로는 손이 아닌 배우의 얼굴을, 등을, 식탁에 앉은 가족의 표정을 살핀다. 부엌은 그렇게 포만감과 행복, 그리움과 슬픔의 공간이 된다.

화장실의 귀곡성

사회생활을 하면서 힘들었던 순간이 참 많은데, 좋았던 순간도 보람 있던 순간도 많았다. 그중에는 이런 것이 있다. 나는 언젠가 직장 상사에게 "넌 울지 않아서 좋다"라는 말을 들었다. 이것은 힘들었던 순간일까, 좋았던 순간일까.

　처음엔 난 그 말을 칭찬이라고 생각했다. 그 말을 한 사람이 칭찬으로 한 말이었기 때문이다. 다른 여자 선배들은 울었다는 얘기였다. 울지 않아 좋다는 말은 어디까지나 내가 여자라는 점을 깔고 하는 칭찬이었다. 그는 남자에게는 그런 칭찬을 한 적이 없고, 아마 지금까지도 없으리라. 정말 여자 선배들이 울었는지는 알 도리가 없다. 운 걸 본 일이 없지는 않았지만. 이 이야기의 가장 재미있는 부분은, 그 상사가 나를 가장 많이 울게 한 사람이라는 데 있다. 그는 내게 소리를 지른 적이 몇 번 있었는데, 그건 드문 일이었고, 옆 부서에서 사람들이 와서 무슨 일이냐고 물을 정도였다. 어쨌거나 나는 나대로 화가 나서 그 앞에서 울고 싶지는 않았고, 울지 않았다. 그리고 그냥 일을 했다. 울지 않아 대견하다는 식의 칭찬은 그로부터도 더 들었다. 한편으로는 그런 나 자신을 유능하다고 자랑스러워했던 게 사실이었다.

사실은 울었다. 엄청 울었다. 그냥 곱게 혼나도 기분 나쁠 일을, 별로 떠올리고 싶지 않은 말을 들으며 혼나는 게 일상이었기 때문이다. 지금 와서 생각하면 그냥 병원에 가서 상담을 받고 항우울제라도 먹었어야 했던, 눈싸움하는 동네 아이들을 보면서 '너희도 커서 나같이 비참하게 살겠지'라는 생각을 하며 울던 나날이었다. 다만 상사 앞에서 우는 게 '여자' 같아서 싫다고 생각했고, 세상의 수많은 막내 직원들처럼, 화장실에서 울었다. 집에서도 울었고. 화장실에서 울다 보면 다른 칸에서 우는 소리가 들린 적도 있었다. 세상 모든 서러운 사연은 화장실의 닫힌 문 뒤에 있다.

일을 못하는 말단 사원이 무엇을 어디까지 참아야 하는지를 말하려고 하는 이야기는 아니다. 울지 않는다는 말을 칭찬으로 듣는 나 자신과, 화를 내야 하는 상황조차 참는 게 가장 쉽다고 생각했던 나 자신에 대한 이야기다. 분노했어야 옳았던 일도 있었지만, 화를 내기보다는 참는 쪽이 더 좋다고, 팀에서 가장 어린 여자가 (차라리 관두면 몰라도) 직장에서 화 내봐야 좋을 일이 없다고 생각했다. 분노하는 여자는 무서워, 드세 보여. 그런 생각을 나부터도 했었다. 일이 서툴렀던 시기였으니 일을 못하는 이상 그런 일을 견뎌야 한다고 생각했을지도.

『여성의 일, 새로 고침』에 《동아일보》 기자로 18년간 일했던 김희경이 이런 말을 한다. "직장에서 우는 건 나쁘고 화내는 건 괜찮습니까? 화내는 것도 나쁘죠. 그런데 직장에서 과도하게 화내는 것에 대해서는 뭐라고 하지 않으면서, 여성들이 우는 것에 대해서는 지나치게 많은 비판을 하는 것이 아닌가 생각하게 됐어요." 이 대목을 읽으며 김희경 역시 기자로 일했기 때문에, 남자가 많은 직장에서 여성성을 드러내지 않는 법에 적응하며 보낸 시간이 길지 않았을까 생각했다.

일간지 기자라는 직종도 (다른 모든 직종처럼) 점점 더 여자가 많아지고 있다. 그리고 남녀의 성비가 비슷해지기 시작하면 그전까지 당연하게 보이던 것들이 다르게 보이기 시작한다. 김희경이 이어 말하는 것 역시 수긍하게 된다. 여자의 눈물이 남성을 향한 것, 상황을 모면하기 위해 만들어낸 것이라는 남성 잣대로의 해석과 달리, 자기 자신에 대한 실망감, 해결 방법을 찾기 어려울 때의 절망감, 분노 혹은 체념 등 여러 감정이 눈물의 이유가 된다고.

우는 것을 낮게 보고 화내는 것을 권력으로 해석해버리면, 그 맥락에 여성성과 남성성을 자기도 모르게 대입해버리면, (남녀 불문하고) 위로 올라갈수록 얼마나 더 큰 소리를 낼 수 있는지로 자신의 성공을 가늠하는 우를 범할 수 있다. 성공한 여성이 '남자보다 더 남자같이' 일한다고 칭송받는 시대는 지났다.

선택이라는 이데올로기

나는 '선택'이라는 말을 좋아한다. 그 말을 종교적으로 믿는다고 할 수 있을 정도다. 그런데 내가 선택이라는 단어를 좋아하는 이유 중 하나는 선택이 가능하다는 것 자체에 대한 불신이다.

보고 싶은 영화를 보라고 하지만, 우리는 볼 수 있는 영화를 본다. 읽고 싶은 책을 읽으려고 하지만, 우리에게 제공되는 책의 존재 말고는 알 수도 없으며, 서울이 아닌 도시에 살고 싶지만, 서울이 아닌 곳에서 먹고살 도리가 없다.

고작해야 내가 선택할 수 있는 것은, 립스틱의 색상이나 파운데이션의 제형, 스마트폰의 용량, 메일

계정 비밀번호(이것도 너무 자유롭게 선택하면 내가 기억하지 못해 망해버렷!), 점심시간 내에 이동 가능한 곳에서의 점심 메뉴 같은 것뿐이다.

내게 제일 좋을 것을 상상해 그것을 선택하는 일은 불가능하다. 인간은 경험한 한도 내에서 상상한다.

여자에게는 선택의 문제가 더 심각하다. 여성 인권에 대한 이야기를 하면 "아프리카/조선시대에 태어난 게 아닌 걸 다행으로 여겨" 같은 말이 돌아온다. 선택할 수 없는 최악이 우리 앞에 있다고, 그래서 주어진 것을 감사하게 여기고 살라는 말이 돌아온다. 그렇게 주어진 대로 사는 것에 만족한다면 대체 공부는 왜 하고 맛있는 음식은 왜 먹나. 죽지만 않으면 될 일을.

내가 영어를 그나마 잘했던 것은 나에게 큰 자유를 가져다주었다. 왜냐하면 한국어로 된 책이 아니어도 영어로만 되어 있으면 읽을 수 있었으니까. 교보문고 외서 코너를 얼마나 드나들었는지. 그런 것들이 교육의 장점이라고 생각한다. 그나마 선택지를 넓혀준다고. 일본어와 프랑스어를 약간이나마 하게 된 뒤로는 더 좋아졌다. 특히 시를 읽거나 메뉴판을 읽을 때. 여행을 다닐 때.

언젠가, 한 달 새 여자고등학교 두 곳의 졸업반 학생 강연을 간 일이 있었다.

첫 번째 학교. 설문을 미리 했는데, 그중에는 '현실적인 제약이 없다면 되고 싶은 것은'이라는 항목이 있었다. 내가 생각했던 현실적인 제약은 경제, 성별, 외모, 지역 같은 것이었다. 그리고 그날 가장 많이 나온 답변은 '재벌 3세'였다. 나는 웃었다. 재벌 3세는 다시 태어나야 하는 거잖아. 학생 중에는 상세히 그 이유를 적은 경우도 있었다. 재벌 2세의 애인인 어머니가 자신을 낳았는데, 본가에서는 어머니와 자신을 인정하지 않았지만 먹고는 살라며 건물을 한 채 줘서 그걸로 먹고 사는 재벌 3세가 되고 싶다고.

돌아오는 길에 나는 '재벌 3세'에 대한 생각에서 벗어날 수가 없었다. 아주 오래 곱씹었다. 한국 중부지방의 소도시, 서울에서 고속버스를 타고 3시간여를 가서, 다시 승용차를 타고 30분을 들어가야 하는 학교였다. 그날 학교까지 가는 길에 내가 그 학교의 선생님에게 질문한 기억이 난다. "수능 본 이후라 학생들이 강연 듣기 싫어할 것 같은데요?" 그러자 선생님은 잠시 침묵했다가 "수능 본 학생들이 거의 없을 건데……"라고 대답했다. 서울 촌년인 나는, 고고평준화가 되지 않은 학교에 가볼 일이 없었다. 고등학교를 졸업할 예정이면서 굳이 수능을 보지 않는다는 생각도 해본 적이 없었다. 그럼 학생들은 졸업하면 취업을 하는 경우가 많은가요? 여기 보시면…… 대기업 공장들이 많거든요. 그런 공장 사무직원으로 일하다가…… 아니면 집안일 돕고…….

두 번째 학교. 설문을 미리 하지도 않았는데 본론으로 들어가 얘기하는 일이 어렵지 않았다. 학생들은 비교적 어려운 이야기도 금방 이해해서 나도 말하는 재미가 있었다. 프린트해 미리 나눠준 자료를 학생들이 관심 있게 읽었고, 끝난 뒤 찾아와 질문을 하기도 했다. "별 기대 안 했는데 선생님 되게 시원하시네요!" 같은 말이 돌아왔다. 서울에 있는 여자고등학교, 1학년과 2학년 학생부 간부들이었다. 이 학생들은 나 자신의 고등학교 시절을 연상시켰다. 아마도 많은 학생들은 나와 내 친구들처럼 대학에 진학하고 취직을 하고 여행을 하고 연애를 하고 결혼을 할 것이다. 혹은 비혼으로 살 수도 있다. 그제서야, 내가 2주 전에 느꼈던 당혹감의 정체를 알 수 있었다.

나는 학생들에게 보고 싶은 영화든 직업이든 뜻한 대로 선택하라고, 자유롭게 선택하며 살라고 말했다. 그게 쉽고 즐겁기만 하지는 않겠지만 그만한 가치가 있다고 말했다. 선택지가 완전히 다르게 주어진 것에 대해 이야기해야 했는데도. 아예 다시 태어나, 자신에게 주어진 모든 조건(부모, 지역, 가능하다면 성별도)을 바꿔버리는 게 아니라면 선택지라는 것은 없다고 할 수 있을 판에 선택하라니.

선택이 자유롭고 능동적이려면 일단 선택지를 가능한 한 넓혀놔야 한다. 빈곤의 문제가 세대를 불문하고 심각해지는 시대에, 선택하라는 말은 얼마나 그럴듯한 허구의 이데올로기인가. 무엇을 어떻게 노력해야 하는지 모르겠다. 그저 선택지를 가능한 한 조금씩 더 넓혀갈 수 있기를, 그리고 원하는 것을 세상에 요구했을 때 그것이 받아들여지기를 바랄 뿐이며, 더 많은 사람들에게 그런 기회가 허용되도록 기성세대인 나부터도 노력해야겠다고 생각하는 게 전부다.

두 번째 학교에서 나와 차를 타러 가는 길에, 두 학생이 나에게 길을 알려주기 위해 동행했다. 한 학생이 물었다. "선생님 그 일 오래 하실 거예요?" "네. 계속 해야죠." "그럼 기다려주세요, 제가 나중에 만나러 갈게요. 꼭이요!" "꼭 오셔야 해요! 기다릴게요!" 신나서 골목길에서 크게 웃으며 그런 말을 주고

받았다. 연기자가 될 생각이라고 했던 학생이었다. 꼭 다시 만나요. 꼭이요.

만약 내가 남성이었고, 그 학생도 남성이었다면, "그 일 오래 하실 거예요?"라는 질문이 나왔을까? 이렇게 생각하는 내가 과민한 것일까? 하지만 정말이지, 내가 처음 직장 생활을 시작했을 때의 여자 선배들은 다 어디로 갔나. 나와 같이 일을 시작했던 친구들 중 태반은 지금 일을 그만두었다.

여성의 선택이라는 게 유독 존중될 때도 있다. 성추행, 성폭행을 포함한 범죄에 노출될 때다. 그런 옷을 입었으니까, 그런 시간에 그런 곳에 있었으니까, 그런 사람과 사귀었으니까. 너의 선택이고 네 잘못이라는 말이 당연하다는 듯 따라붙는다. 다른 많은 범죄와 달리 성범죄는 가해자가 아닌 피해자가 비난받기 일쑤다.

언젠가 동료 A가 우연히 알게 된 남자들과 술자리를 했다가 문제가 생겼던 일을 말해주었다. 그래도 조심하는 게 좋다고 나는 말했다. A는 물었다. 왜 여자에게 조심하라고 하죠? 모르는 사람들과 맥주 한잔하면서 어울리는 게 범죄도 아니고. 그렇게 남자들끼리는 잘 어울리는데, 여자가 그러면 안 되는

193

이유가 있나요? A의 말이 옳았다. 내 실수였다. 가해자 대신 피해자에게 조심하라고 말해서는 안 되는 일이었다.

근본적으로는 가해하지 않도록 주의하라는 말이 남자들에게 주어져야 한다. 인간 남성은 사고력이 마비된 짐승이 아니다. 성적 욕망이 차오르면 길거리에서 옷 벗고 전봇대에 몸을 비비는 존재가 아니다. 그래서 '순간적 욕망'이라는 말이 핑계가 되어서는 안 된다. 순간적으로 치솟는 무엇이든 주체하지 못해서 범죄를 저질러야 하는 사람은 욕망을 이유로 용서받을 게 아니라 법적 처벌을 받아야 한다.

B씨가 어느 날, 아내가 어제 아이를 낳았다고 말했다. 나는 물었다. "그런데 왜 일하러 오셨어요? 병원에 계셔야죠." 아이가 예정보다 일찍 나왔는데, 이미 잡힌 일이 있어서 어쩔 수 없이 나왔다고 했다.

남자와 여자는 다르다. 출산은 언제나 그 사실을 뼈저리게 깨닫게 한다. 나는 임신 때문에 일을 그만둔 여성을 몇이나 알고 있다. 몸에 무리가 될 여지가 있다는 말만으로도 일을 그만둔 경우가 몇이나 있다. 배 속 아이에게 문제가 생겨도, 남자는 심정적으로 타격이 있을지언정 일을 하러 나갈 수 있다(유산한 아내가 입원한 동안 일하러 나온 남성 또한 몇이나 알고 있다). 여자는 그렇지 않다. 병원 밖으로 나갈 수 없고, 그래서도 안 된다. 아이가 태어난 가정의 아버지는 그날 당장 출근할 수도 있지만, 어머니는 그렇지 않다. 할 수도 있는 것과 아예 할 수 없는 것은 완전히 다르다. 아이 갖기를 '선택'한다는 말에 따라붙는 현실도 성별에 따라 이렇게 다르다. 내가 일하면서 좋아하고 존경했던 많은 여성들은 아이 양육을 위해, 남편 근무지가 바뀌어서 일을 그만두거나 이주했다. 부부 중 언제나 남편의 근무지가, 남편의 결정이 우선시된다. 남편이 돈을 더 많이 버니까 그렇게 하는 게 맞다고, 아이는 엄마가 키우는 게 더 좋다고 주변에서 말을 거든다. 결혼을, 아이를 선택했을 때, 대체 어디까지 감수해야 하는 것일까.

왜 여성과 남성이 함께 결혼을 하고 아이를 선택했는데, 여자가 자꾸 무엇인가를 포기해야만 선택을 지켜갈 수 있는가. 이것은 당연한 것도, 그래야만 하는 것도 아니다.

더하는 말 2

●

세상을 바꾸는 만 원

이 글을 읽는 누구에게라도, 내가 권하고 싶은 것 하나는 기부다. 액수는 상관없다. 당신이 원하는 중요한 가치를 위해, 당신 대신 싸우고 있는 사람들을 찾아서 할 수 있는 만큼 기부를 해라. 3천 원 정도의 문자 기부도 좋고, 매달 만 원을 기부하는 것도 좋다. 능력껏 하면 된다. 하고 싶은 만큼만. 세액공제를 받을 때도 도움이 된다. 다만 세액공제가 목표라면, 환급되는 곳인지는 미리 알아보기를 권한다.

기부하라는 말을 자주 하는 편인데, 그럴 때면 드물지만 "돈이 없어요"라는 말을 하는 사람들이 있다. 차라리 솔직하게 돈 아깝다고, 하기 싫다고 하면 좋으련만. 물론 기부한다는 말에 대한 최악의 반응은 "그런 데 쓸 돈 있으면 나나 줘"였다. 쓰기만 해도 기분이 나빠지는군.

나중에, 나중에 돈 생기면 하자. 나중에 돈 생기면 남 돕기도 하고 살자.

당신은 지금 그렇게 생각하고 있을지도 모르겠다. 지금 도우려고 노력하는 사람만이 나중에도 도울 수 있다. 그냥 뜻이 맞는 단체를 찾아서, 만 원이라도 입금하면 된다. 이것을 권하는 이유는, 어디에 돈을 낼지를 생각하는 것만으로도 나 자신의 관심사를 다시 한번 생각할 수 있어서다. 내가 가장 먼저 후원을 시작한 뒤 지금까지 계속하고 있는 단체는 일본군 위안부 문제 해결을 위한 한국정신대문제대책협의회다. 직접 가서 위안부 피해자들을 만나고 직접 도울 수 있다면 그게 더 좋을 테지만. 여성 문제에 대해서 관심이 생긴 이후로는 관련 단체들에 내는 기부금이 늘었다.

이렇게 시작하면 세액공제가 아니어도 후원에 나서는 일이 가능해진다. 세상에는 늘 힘을 모아야 할 일이 있으니까.

기부에 대해서라면 마지막으로 하고 싶은 말이

하나 더 있다.

아이가 있는 집이라면, 아이 이름으로 매년 기부를 해도 좋다. 사랑하는 사람의 이름으로 세상을 바꾸는 데 힘을 보태는 것처럼 좋은 일이 또 어디 있을까.

아이가 충분히 성장했다면 아이와 함께 어떤 단체에 돈을 보낼지 결정하는 것도 좋을 것이다. 이것은 내가 존경하는 친구가 실제로 실천하고 있는 일이다. 매년 후원할 액수를 정한 뒤, 큰딸의 이름으로 후원할 곳을 정한다. 그냥 자동이체로 얼마씩 해놓고 잊어버리는 게 아니라, 해마다 후원할 곳을 정한다는 것이 멋진 점이다. 후원금 사용과 관련해서, 혹은 활동가와 관련해서 불미스러운 일이 있는 곳이라면 이듬해에는 목록에서 빠지게 된다. 매년 관심사가 조금씩 달라지기도 하고.

그렇게 해마다 미카엘라의 이름으로 기부금이 이곳저곳으로 보내진다.

내가 좋아하는 사람들.

별 뜻 없이 하는 말

뜻도 모르고 쓰는 말이 있다. 그냥 '관용적'으로 이런 타이밍에 이런 말, 하는 식으로.

언젠가 어떤 영화감독이 쓴 글에서 '엄창'이라는 말을 읽고 뜻을 물은 적이 있었다. 나만 모르는 단어였는지, 담당이었던 남자 기자가, 굉장히 많이 쓰는 표현이라고 설명해주었다. 그게 무슨 뜻이냐고 물었더니 '엄마는 창녀다'라는 말이라고 했다. 좋은 표현도 아닌데 굳이 써야 하느냐고 물었더니 그냥 다들 하는 말이고 관용적인 표현이라는 것이다. "너 그거 확실해? 장담할 수 있어?" 같은 뜻으로 "엄창 걸래?"라는 식으로 쓴다고. 아예 '엠창'이라고 쓴다고도 하고, "엠창 깔래?" 같은 변형도 많이 쓰인다는데 더 이상 알고 싶지도 않다. 『소년탐정 김전일』에서 김전일이 "할아버지의 명예를 걸고"라며 추리를 발표할 때는 이유라도 분명했다. 김전일의 할아버지가 일본의 유명한 탐정 캐릭터 긴다이치 코스케라는 설정이니까. 하지만 뭘 그렇게 걸고 싶고 까고 싶으면 자기 명예나 걸 일이지 왜 상대 어머니나 자기 어머니가 '창녀'라고 거는가. 어머니 말고는 걸 것도 없어? 그게 욕이 아니고, 관용적 표현이라고 생각하는 세계는 대체 어떤 세계인가.

이런 이야기를 들은 여자 동료가 깜짝 놀랐다. 자기도 그 말을 많이 쓰는데, 그런 뜻인 줄 몰랐다는 것이다. 안 그래도 남편이 자신이 그 말을 쓰는 것을 듣더니 그런 말 쓰지 말라고 했다면서. "맹세할게라고 하라는 거야. 그래서 내가 막 웃었는데."

'같은 값이면 다홍치마'라는 표현도 관용적인 걸 떠나 가능한 한 쓰지 않는 게 좋다고 생각하는 표현 중 하나다. '동가홍상(同價紅裳)'에서 유래한 말인데 '홍상(紅裳)'은 다홍치마로 처녀를, 청상(靑裳)은 푸른 치마로 기생이나 청상(靑孀)과부를 뜻한다. '같은 값'이라니, 뭐에 값을 따지는 것일까?

사실 과부라는 표현도 마음에 들지는 않지만 '미망인' 쪽이 압도적으로 싫은 말이다. 미망인은, 남편과 죽어야 했는데 '아직 죽지 않은 사람'이라는 뜻이다.

여성 독자는 이해합니다

학생들을 상대로 말할 일이 생기면, 꼭 강조하는 게, "여러분과 같은 또래의 작가를 꼭 찾아서 같이 성장하는 기분으로 오랫동안 읽어가시라"라는 말이다. 그런 말을 하면서는 내가 그들보다 위 세대라는 점이 가슴 쓰리지만(책은 팔리고 읽혀야 쓸모 있는 물건이다. 다른 많은 물건들처럼) 위 세대 슈퍼스타를 따라잡느라 평생을 쓰지 않았으면 하는 마음에서다. 그렇지, 나는 슈퍼스타는 아니니까 위 세대라고 해도 책 많이들 사주세요. 그리고 읽어주세요. 그래야 또 저 같은 뉴비들도 먹고 삽니다. 당연하게도.

고전소설 읽기는 매혹적이지만, 한계도 뚜렷하

다고 느낄 때가 많다. 신분제도가 있고, 여성에게 선거권이 주어지지 않던 시절, 그런 것들이 한계인 줄도 모르고 오로지 구원, 죽음, 사랑에 대해 '틀 안에서' 극한까지 밀어붙여 만들어낸 걸작들을 읽다 보면, 주인공이 궁극의 가치를 추구하는 동안 대체 다른 것들은 어째야 좋을지 모르게 되어버린다. 주인공의 사랑이 굳건한 신분제도 아래에서 완성되었는데, 지금의 나와 상관없으니까 괜찮은가? 물론, 상관없다. 소설 주인공이 뭘 하든. 하지만 21세기에 수백 년 전의 사고방식, 사회 체제를 기반으로 쓰인 소설을 읽으며 무엇을 얻을지를 생각하는 것은 다른 문제다. 이것저것 다 빼고 사랑만? 인간애만? 고뇌만? 『제인 에어』를 읽으며 다락방의 아내에 대한 로체스터 씨 쪽 말만 믿으라고?

고전소설을 읽을 때마다, 사랑을, 욕망을 좇던 여자들이 얼마나 처절하게 응징되었는지에 기가 질리곤 했다. 에마 보바리(『보바리 부인』), 테스(『더버빌 가의 테스』), 잔느(『여자의 일생』), 안나 카레니나(『안나 카레니나』). 남자가 주인공인 소설이라고 다르겠는가. 『죄와 벌』에서 여자는 죽임을 당하거나 신비화되고, 『천일야화』에서는 죽임을 당할 날을 지연시키기 위해 밤마다 죽여주는 이야기를 해야 한다.

이 대목에서, '매사에 시비를 걸 요량이면 대체 세상을 어떻게 살 작정인가'라는 한숨 소리가 여기저기서 들린다. 그런 문제 제기는 나도 이해한다. 모든 독자가 자기를 갈아 넣어가며 독서를 할 필요는 없다. '성차별을 하기 위해' 쓰인 게 아니라 그저 그 시대는 그랬을 뿐이라는 점을 감안해야 한다. 그런데 사실, 걱정은 필요 없을지도 모른다. 여성 독자는 많은 것을 이해하기 때문이다. 이해하고, 받아들인다.

사이토 미나코가 쓴 『문단 아이돌론』의 첫 번째 작가는 바로 무라카미 하루키다. '문학 거품의 풍경'의 첫 타자로 등장하는데, 놀랄 일도 아니다. 『노르웨이의 숲』(1987)은 발간 1년 만에 350만 부가 팔렸다. 그의 신작은 여전히 화제의 중심에 있어, 『기사단장 죽이기』는 초판 100만 부(1, 2권 각 50만 부씩)를 찍기로 했다가 출간도 되기 전에 30만 부 증쇄가 결정되었다. 『문단 아이돌론』은 무라카미 하루키는 왜 그렇게 많이 읽히는가와 더불어, 왜 비평가들이 다들 논하고 싶어 했는가를 분석하고 있다.

무라카미 하루키의 초기 작품(하루키 랜드)에는 다방 분위기가 흐르고 있습니다.

주택가 한적한 곳에 위치한, 누구나 마음 편하게 들를 수 있는 작은 다방. 거기에는 다방 주인과 손님이 '기분 좋다'고 느낄 만한 인테리어 소품이 놓여 있습니다.

주인장과 같은 세대(베이비 붐 세대) 비평가들은 다방에 붙어살며 게임기를 가지고 이리저리 놀아보다가, 곧 다방의 게임 속에 '1970년', '전공투', '상실', '소외', '자폐', '다른 세계', '죽음과 재생' 같은, 그들이 좋아하는 단어가 숨겨져 있다는 주장을 하기 시작합니다.

그곳에 의미심장한 게임이 설치되어 있다는 소문만은 널리 퍼져 나갔습니다.

저자는 게임 해독 열풍으로서의 하루키 열풍을 분석한다. 기존의 여러 하루키론을 모아 자기 생각으로 엮어냈다. 이 글의 마지막은 이렇다.

무라카미 하루키와 그의 동료들, 즉 하루키 랜드는 시종일관 '보쿠'라는

일인칭으로 상징되는 '남자아이들의
세계'였다는 점을 떠올려주시기 바랍니다.
과연 '여자아이들의 세계'에서도 이런 게임
공략이 가능했을까요?

일본어에서 '보쿠'란, 남성이 자신을 가리킬 때 쓰
는 말이다. '나'라는 뜻이지만 여성은 사용하지 않는
단어다. 그리고 이 대목을 읽다가, 나는 궁금해졌다.
수많은 여성 독자들이 무라카미 하루키를 좋아한다.
나 역시 그의 소설 중 꽤 여러 권(무엇보다도 에세이)
을 좋아했다. 게다가 내가 읽은 것은 한국어판이므
로, '보쿠'가 아닌 '나'를 읽었다. 내가 좋아했던 것은
무엇일까.

'보쿠'라는 남성 일인칭 대명사가 아니었다고 해
도, 나는 남성의 입장에서 여성을 바라보고 있었다.
무라카미 하루키의 소설을 좋아하는 대학 남자 선배
들을 싫어했던 이유를 떠올려보면, 그들은 '쿨한 여
자'의 모습을 그의 소설에서 쉽게 퍼 올려냈기 때문
이다. 가볍게 섹스하는 그런 관계. 여기서 잠깐. 가볍
게 섹스하는 건 좋아! (웃음) 하지만 그것이 내가 원
해서가 아니라, 남자(애인도 아닌 주변의 남자 사람)들
이 "너 쿨한 여자야?" 하는 말을 증명하고자 하는 욕

구의 발로라면 대체 그런 쿨함을 어디에 쓰겠는가. 많은 말이 있었다. 너희들도 보수적이지 않게, 쿨하게, 사귀지 않아도, 미래를 약속하지 않아도, 쿨하게 섹스할 수 있는 여자애들이 되어야 한다고.

그 말은 다 맞다. 나는 모두가 그랬으면 좋겠다.

그런데 여성이 섹스에 대한 선택권을 갖고 자신의 욕망을 긍정한다는 것은, '하고 싶다'만큼이나 '하기 싫다'를 포함한다는 사실을 남자들이 간과한 건 아닌가 생각하곤 했다. 남자 친구가 원해도, 남편이 원해도, 싫을 땐 싫다고 말할 수 있는 자유에 대해서는 말하지 않고, 남자 친구나 남편이 될 필요 없이 섹스만 원한다는 사람들에게 뭐라고 말해야 하나.

그게 쿨해? 좋은 걸 좋다고 말하는 것보다 싫은 걸 싫다고 말하는 게 더 어렵다면, 싫다고 말하는 게 더 쿨하지 않아?

하지만 이것은 어디까지나 시간이 한참 지난 지금에서야 투덜거리는 일이다. 나는 남성의 입장을 이해하고 싶어 했고, 또한 그 속(제대로 표현하는 법이 없으니)을 알고 싶어 하며 성장했다. 잠재적 연애 대상의 심리에 대해서 알 수 있는 기회라고 여겼던 것 같다. 세상의 비밀을 말해주는 목소리라고도 생각했다. 일인칭 남성의 자기 고백적 독백의 목소리를. 대체로 그런 소설들에 대해 "문장이 좋다"라는 평이 붙기 때문에, 더더욱 노력해서 이해하려고 애써왔다. 그리고 그 시간이 길어지면 길어질수록, 여성 독자는 남성 독자와 같은 방식인 일인칭 시점으로 모험할 수 없음에도, 거기에 자신을 이입하는 데 굉장히 능숙해진다. 나는 결국 실패하고 튕겨져 나온 실패한 인간이지만. 여자의 얼굴과 몸매를 자세하게 그리며 얼마나 자신이 끓어오르는 욕망을 느끼는지를 현란하게 묘사한 글을 읽고 있으면 이런 식으로 남자에 대해 읽고 싶다는 생각을 하게 되어버리니 그만.

여성 독자들은 잘 이해한다. 많은 것들을 이해한다. 남성의 눈에 맞추어 괜찮은 여자가 되고자 노력하고, 남성이 욕망을 느끼는 패턴을 이해한다. 그게 부당하다는 생각이 스쳐도 그냥 받아들이려고 노력한다. 남자 주인공이 여자를 때리며 '널 때리는 나'에 눈물을 흘리면, 맞는 여자보다 때리는 남자의 '심적' 고통에 공감할 줄도 알게 된다. 영화 〈LA 컨피덴셜〉을 보면서 러셀 크로가 킴 베이신저를 때릴 때 나도 가슴이 먹먹해지더라니까. 사랑하는 여자를 때리는 러셀 크로에 감정이입을 얼마나 제대로 했는지. 얼마나 이상한 이야기인가.

그런데 이 모든 일이 가능해진다. 그렇게 학습해 왔기 때문이다. 늘 피해자가 생각하는 것이다. 왜 가해자가 가해할 수밖에 없었는지를. '왜'라니. 마치 이유가 있으면 그래도 된다는 듯이. 그런데 이런 식의 사고는 남성 중심의 스토리텔링에 잘 길든 결과가 아닐까? 그런 의구심이 드는 것이다. 모든 소설과 영화에서 남성이 여성을 때리지는 않는다. 하지만 언제나 우리가 잘 이해할 수 있는 것은 남자의 심리 쪽이다. 여자는 이해할 수 없으며 감정적이고 변덕이 죽 끓듯 한다고 말해왔다. 그런 이야기가 많다. 여자는 늘 갑자기 화를 내고 갑자기 사라지고 갑자기 울음을 터뜨린다. 여자들이 왜 그렇게 행동하는지에 대해 우리는 더 많은 이야기를 필요로 한다. 여성들의 많은 행동에 이유가 없다고 말하는 남성 중심의 서사는, 사실 알고 싶지 않고 알 필요도 없다는 것을 전제하고 있으니까.

나는 정말 잘 이해한다. 역사가 승자의 기록이라면, 그것은 언제나 남성의 기록이었다. 내가 배운 모든 것은 남성의 역사였다. 이것을 이해하는 법을 진즉에 배우지 못했다면 벌써 사회에서 생존이 어려웠겠지. 하지만 그 결과, 여자다운 것이 남자에게 받아들여지는 틀 안에 있지 않다면 배척해야 할 것으로 생각하게 된 것은 아닐까. 〈모아나〉와 〈겨울왕국〉을 보고 자라는 세대를 보며, 부디 그들이 만날 세상이 달랐으면 하고 바라게 된다. 그들이 서로의 역할 모델이 되어주기를.

우정에 관하여

●

친구라는 건 정말로 필요할까

당신에게는 친구가 몇이나 있나? 충분한가? 혹은 적은가? 그만큼 자기 자신과 잘 지내고 있는가? 스스로와 친구가 되는 데 꼭 필요한 것은 때로는 침묵이고, 때로는 고립이다.

좌우명은 없지만 인생의 신조라고 얘기할 만한 몇 가지가 있다. 인생은 원래 불행이 디폴트다. 그리고 살면서 친구는 정말 가까운 두어 명이면 충분하다. 영화 〈우리들〉을 보면서 생각한 건데, 우리는 학창 시절 친구가 많아야 하고, 친구와 잘 지내야 하고, 친구들의 지지를 받아야'만' 한다는 생각에 매달려 살았다. 그 생각대로의 삶을 사는 극소수를 제외하면 얼마나 그 시절이 힘들었던가. 최소한 나는 그랬다. 친구를 사귀어야 한다는 생각 때문에 새 학기를 앞두고는 병이 날 지경이었다. 친구는 우리의 삶을 풍성하게 하는 존재라고들 한다. 그 말은 틀리지 않을 것이다. 문제는, 친구 역시 삶의 많은 조건들과 마찬가지로 균형을 맞춰야 할 여러 요소 중 하나일 뿐이라는 사실을 종종 망각한다는 데 있다.

결혼을 하지 않는 사람들이 늘어가면서, 우정은 이전 어느 때보다 높은 중요도로 논해진다. 같이 나이 들어갈 친구, 가까운 곳에 살면서 서로 안부를 물어줄 친구, 가능하다면 언젠가 같이 살 수도, 협업할 수도 있는 동반자 같고 동업자 같은 친구에 대한 동경 역시 어느 때보다 뜨거워 보인다. 나 역시 그런 생각에 사로잡힌, 결혼하지 않은 사람 중 하나다. 그렇게 어울리는 사람이 여럿 있기도 하다.

그렇지만 어느 순간부터 나는 함께 어울리는 이들 모두를 '친구'라고 부르기를 멈추었다. 그들의 연령대가 나의 나이를 기준으로 했을 때 아래로 열 살이 되고, 위로 열다섯 살이 되면서, 그리고 그들과 만나는 횟수가 대체로 1년에 3~4회를 넘지 못하면서부터, 늘 '또래' 사람들과 하루 종일 어울리며 매일 같이 만나던 시기가 점점 차근히 멀어지면서부터다.

당신에게는 친구가 몇이나 있나? 충분한가, 적다고 느끼나? 당신은 친구에게 돈을 빌려줄 수 있는가, 혹은 친구는 당신에게 돈을 빌려주려고 할까? 당신이 세상 모두로부터 오해를 받을 때 당신에 대한 신뢰를 잃지 않을 친구가 있나? 당신이 그런 신뢰를 주는 친구는 몇이나 있나? 어렸을 때 가까워진 사람들만이 '진짜' 우정을 나눌 수 있다고 생각하나?

살다 보면 친구라고 믿었던 사람이 친구가 아니었나 싶을 때가 발생한다. 나 역시 그와 유사한 실망을 누군가에게 안기며 살고 있으리라. 힘들 때 곁에 있어주는 사람이 진정한 친구라는 유의 이야기는 오랫동안 되풀이되어 왔는데, 살다 보면 꼭 그렇지만은 않다는 걸 배우게 된다. 안 좋은 일이 생기면 사람들은 그 내막을 궁금해 한다. 세상의 많은 불행은 구경꾼을 몰고 다닌다. 친구라고 생각했던 사람들이 당신의 어려운 사정을 시시콜콜 떠든다.

문제는 좋은 일이 생길 때도 마찬가지 상황이 벌어진다는 것이다. 잘 모르는 사람들이 더 쉽게 축하한다. 당신에게 생긴 좋은 일에 정작 친구들이 떨떠름한 표정을 짓는 모습을 보게 된다. 먼저 취직하고,

좋은 사람을 만나고, 시작한 사업이 성공하는, 경사라고 부를 만한 일이 생기면 말이다. 인정받길 원했던 사람들로부터 기대하던 인정과 격려를 받지 못할 때 우리는 쉽게 실망한다. 이상적으로 보였던 우정은 큰 일이 없을 때만 가능한가 싶은 한탄마저 생겨난다.

친구에게 생긴 좋은 일에 나 자신이 속 좁게 대응하는 실감을 할 때도 마찬가지다. 가까웠던 사람만이 멀어질 수 있다. 우리는 타인을 컨트롤할 수 없으며, 우리 자신의 반응만을 다스릴 수 있을 뿐이다. 법적 배우자 혹은 가족이라는 이름의 경제공동체와 달리 친구는 돌아설 것도 없이 애초에 남인 관계다. 하지만 그런 감정을 느끼고 그런 상황이 생길 때마다 친구를 배신하거나 배반당한 느낌에 사로잡힌다. 하지만 그럴 필요는 없다. 친구 역시 세상의 다른 인간관계와 같은 속성을 지닌, 여러 사회적 관계 중 하나일 뿐이기 때문이다.

나는 고등학교 때부터 "사회생활을 시작하면 진정한 친구를 사귈 수 없다"는 식의 어른들의 말을 불신해왔다. 주민등록증을 발급받기 전까지 친구는 내가 선택할 수 있는 무엇이었던 적이 없었다. 초등학교 때 친구와 친구가 된 이유는 오로지 같은 동네에 살았다는 것이었다. 같은 동네, 같은 학교. 그냥 옆자리에 앉은 일이 인연이 되기도 했다. 나는 어서 '동네 친구'로부터 벗어날 날을 상상했다. 그런 내게도 이상적인 친구의 상을 제시한 글이 있었는데, 시인 유안진의 에세이 『지란지교를 꿈꾸며』다. "저녁을 먹고 나면 허물없이 찾아가 차 한 잔을 마시고 싶다고 말할 수 있는 친구가 있었으면 좋겠다"고 시작하는 이 글은 "사람이 자기 아내나 남편, 제 형제나 제 자식하고만 사랑을 나눈다면 어찌 행복해질 수 있을까"라고 한탄한다. "우리에겐 다시 젊어질 수 있는 추억이 있으나, 늙는 일이 초조하지 않을 웃음도 만들어낼 것이다."

그런데 나이 들면서 보니 글로 읽기는 아름다우나 생업이 바쁜 가운데 이러한 그린 듯한 친우 관계는 점점 불가능해졌다. 진학과 취업을 이유로 다른 도시나 해외로 이주하는 사람들이 많아지는 일 역시 이유가 된다. 그리고 어느 날, 그때 그 친구와 연락한 지 너무 오래되었음을, 신세를 지기는커녕 그런 말을 꺼내보기도 어려운 그냥 '한때 알던 사람' 정도의 관계가 되었음을 깨닫고 슬퍼하게 된다. 친구라고 부를 수 있는 사람과도 이상적인 일만 벌어지는 것은 아니다.

"마흔이 넘어서 알게 된 사실 하나는 친구가 별로 중요하지 않다는 거예요. 잘못 생각했던 거죠. 친구를 덜 만났으면 내 인생이 더 풍요로웠을 것 같아요. 쓸데없는 술자리에 시간을 너무 많이 낭비했어요. 맞출 수 없는 변덕스럽고 복잡한 여러 친구들의 성향과 각기 다른 성격, 이런 걸 맞춰주느라 시간을 너무 허비했어요. 차라리 그 시간에 책이나 읽을걸. 잠을 자거나 음악이나 들을걸. 그냥 거리를 걷던가." 소설가 김영하가 에세이 『말하다』에 쓴 이 부분이 최근 인터넷에서 널리 공유되고 있다. 이 글은 한국인이 타인에 대해 갖는 관용이 부족한 듯 하다는 질문에 대한 답변의 일부인데, 사실 이 글엔 더 흥미로운 부분이 있다. 소설가 요시모토 바나나는 어릴 때 친구도 안 만나고 책만 읽었다고 한다. 그의 아버지 요시모토 다카아키는 유명한 학자였는데, 일본 같은 사회에서 아이가 친구 없이 지내는 것이 이상하다는 지적에 "친구라는 건 별로 중요하지 않다. 그냥 책을 읽게 내버려두라. 인간에게는 어둠이 필요하다"고 했단다.

인간은 사회적인 존재다. 타인과 공감하고 유대감을 느낄 때 즐거움도 행복도 증가한다. 그 반대로 고립되고 소외되면 쉽게 우울해진다. 여러 사람들이 함께 있는 상황에서 다른 사람과 유대감을 느끼며 사교적으로 행동하는 편이 좋다는 믿음 때문에, 때때로 고립과 소외가 중요하다는 사실은 흔히 간과된다. 모르는 것 없이 속속들이 아는 친구를 사귀는 일보다, 자기 자신과 잘 지내는 법을 익혀야 할 사람들을 많이 보게 된다. 자기 자신과 친구가 되는 데 중요한 것은 때로 침묵이고 때로 고립이다.

친구를 만들지 말라거나 친구는 없는 편이 좋다는 말을 하고자 하는 것이 아니다. '친구'라는 단어 안에 너무 많은 기대와 소망을 담지 말라는 뜻일 뿐이다. 같이 식사를 하고 심지어는 여행을 같이 갈 수도 있는, 일을 같이 할 가능성이 있는, 일로 신뢰할 수 있는 사람, 오랫동안 연락을 주고받으며 서로 안부를 주고받고 응원하는 사람들이 굳이 '친구'라는 말에 갇혀 있을 필요도 없다는 뜻이다. 학창 시절과 같은 방식으로 가까워지기를 기대하지는 않지만, 일이든 사적 영역이든 함께 즐거울 수 있고 믿을 수 있는 사람들이 있다. 경험상 사람들이 '친구'라는 범주로 묶여 존재하려는 경향은 많은 경우 그들로부터의 비판을 피할 수 있으리라는 기대를 내포한다. 아주

틀린 말은 아니다.

하지만 친구를 늘리는 대신 자신을 돌보고, 고전적인 의미의 친구가 아니어도 같이 일하고 연대할 수 있는 대상을 찾는 일은 소셜 네트워크의 시대에 당연한 진전이다. 나는 올해 여름휴가를 SNS로 알게 되어 처음 만나게 된 사람과 일주일간 함께 보냈다. 이번 휴가 중에는 그렇게 새로 만나게 된 사람들이 몇이나 생겼다. 지정학적 조건만을 따져서 만나기 힘들었던 사람들과 교류할 수 있는 세상이 된 셈이다.

세상의 작동방식이 바뀌면 우정을 쌓고 나누는 방식 역시 달라짐이 당연하다. 인간관계에는 기대를 줄이고 모험을 더해야 한다. 깊게 신뢰하는 관계는 많이 만드는 데 집중할 일이 아니라 폭이 좁더라도 공들여 깊고 높게 다져야 한다. 그러므로 이 시대의 네트워킹은 단지 친구를 많이 사귀라는 뜻이 아니다.

가이드 없음, 전진 가능

●

말하고 쓰는 일을 업으로 하고 사는 입장에서, 뭘 어떻게 생각하고 말하고 쓰면 좋은지 일목요연하게 알려주는 가이드가 있으면 좋겠다는 생각을 자주 한다. 모든 인간은 평등하다고 생각한다고 믿는데, 개별 사안으로 들어가면 생각처럼 쉽지 않다. 단일한 사고방식을 가진 '모든 인간' 같은 건 존재하지 않는다. 우리는 하나하나 다 다른 존재이며, 다른 기준으로 교육받고 사회화되었으며, 바라는 이상도 다르다. 이상적인 사회의 기준을 주관이 아닌 법과 제도에 두고 가능한 한 어제보다 오늘 더 많은 사람이 자유로울 수 있는 사회를 만들어가고자 하는 이유다. 그

래도 일상생활은 법으로 꾸려가는 게 아니다. 그러
니 속으로 중얼거린다. 누가 알려주면 열심히 배울
텐데. 어떤 말이 왜 나쁜지. 어떤 글이 왜 비판받아야
하는지.

말이나 글이 아니라, 지적받아야 하는 것은 바로
그 말과 글을 낳은 생각이다. 문제는 웬만큼 배워서
한 번에 고치기가 어렵다는 데 있다. 소수자와 약자
에 대한 편견에 기인한 생각을 뿌리 뽑겠다고 마음
먹기는 쉬운데, 늘 어딘가에 생각의 조각들이 남아
있는 모양이다. 그래서 더 간절히, 누군가가 나 대신
책임지고 모든 것을 정리해서 알려주면 좋겠다고 생
각한다.

그리고 바로 그런 욕망을 느낀다는 이유에서 가
이드는 있어서는 안 될 것이고 있을 수도 없을 것이
다. 남이 만든 지도를 따르겠다는 게으름이야말로,
나 자신으로부터 지금 내가 사는 세상을 더 나은 곳
으로 만들겠다는 노력을 떼어놓는 (그리고 타인에게
위임해버린 뒤 책임까지 전가하는) 일이 될 수 있다. 설
령 지도를 만든다 해도, 업데이트 주기는 누가 어떻
게 정할 수 있을까? 스스로 해결하고자 고민하지 않
은 질문을 남이 만든 기준으로 답해준다고 바로 달
라질 리 없으며, 시대와 지역에 무관한 절대 가이드

가 있다면 그것은 경전이라고 부르는 편이 나을지도 모른다.

내가 스무 살 때 배웠던 몇몇 좋아 보였던 가치들이 이제는 낡게 보인다는 점이 기쁘다. 그만큼 우리 사회의 더 많은 것들이 좋아졌고, 나 자신이 더 멀리까지 왔다는 믿음이 생긴다. 동시에 지금의 내가 믿고 있는 가치들 또한 매번 점검하고 업데이트 혹은 업그레이드해야 한다는 데 생각이 닿는다. 시간이 흐를수록 나는 어쩔 수 없다고 변명하며 과거의 인간에 머물러 있지는 않은가. 지금 이 시점에서의 고민, 옳다고 믿는 것들을 책에 쓰면서 가까운 미래에는 이 책에서 하는 말이 까마득한 옛날 일로 느껴지기를 바란다.

그러니 되본다. 가이드 없음, 전진 가능.

당신은 그것이 기분 탓이라고 말했다

〈맨해튼 살인사건〉과 우디 앨런

〈정은임의 영화음악〉이라는 라디오 프로그램에
영화 평론가 정성일이 게스트로 출연하던 1990년
대의 어느 날, 그 프로그램에서 〈맨해튼 살인사건〉
(1993)이라는 영화에 대한 소개를 듣고 관심을 갖게
되었다. AFKN에서 방송한다고 했던가. 이 영화를
보고 한눈에 반했고, 비디오테이프를 따로 구입해서
적어도 30번은 본 것 같다. 처음 그 영화를 봤을 때만
해도 우디 앨런은 양녀였던 순이 프레빈과 결혼하
기 전이었고, (순이 프레빈과 마찬가지로 미아 패로의 양

녀였던) 딜런 패로를 우디 앨런이 성추행했다는 의혹이 한국에 알려지기도 전이었다. 인터넷이 지금 같지 않았으니까.

혹시 모를 분들을 위해 잠시 설명하자면 우디 앨런과 미아 패로는 함께 살며 아이를 하나 낳고 둘을 입양했다. 순이 프레빈은 미아 패로가 전남편이었던 지휘자 앙드레 프레빈과의 사이에서 입양했던 아이였고, 딜런은 그 뒤 우디 앨런과의 사이에서 입양한 아이였다. 우디 앨런의 딜런 패로 성추행 의혹은 1992년과 2012년에《베너티 페어》의 마우린 오스 기자를 통해 적극적으로 제기되었는데, 그나마 한국에도 그런 의혹이 알려진 것은 2012년 이후였다. 우디 앨런은 그런 의혹을 강하게 부인해왔다. 우디 앨런과 미아 패로가 결별하면서 양육권 소송을 하던 당시, 우디 앨런은 딜런의 폭로 전 이미 '딜런을 향한 부적절한 소아성애 행동' 탓에 치료를 받았던 적이 있긴 했지만.

알려져 있다시피, 의혹은 의혹에 머물렀고, 우디 앨런의 커리어는 멈춤 없이 계속되고 있다. 양녀였던 순이 프레빈과 결혼도 했고. 2012년에 다시 한번 이 이야기가 제기되었지만 우디 앨런은 다시 부인했고, 그걸로 끝.

〈맨해튼 살인사건〉의 초반은, 이웃집 사람에 대한 관심이 다소 과다해 보이는 중년 여성과 그런 아내를 말리는 중년 남성의 모습을 포착하는 것으로 채워져 있다. 저 집 어딘가 이상하지 않아? 남의 집 일에 관심 좀 그만 가져. 흔해 보이는 중년 부부의 대화 패턴.

『말괄량이 길들이기』에서는

셰익스피어의 희곡 『말괄량이 길들이기』는 1967 년 프랑코 체피렐리 감독 연출, 엘리자베스 테일러 와 리처드 버튼 주연의 영화로 만들어진 적이 있다. 그들의 첫 번째 결혼 기간 중에 촬영된 이 영화를 나 는 〈맨해튼 살인사건〉과 마찬가지로 1990년대에 '으 뜸과 버금'이라는 한때 유명했던 비디오 대여점에서 처음 빌려 봤다.

두 번이나 결혼과 이혼을 반복한 엘리자베스 테 일러와 리처드 버튼의 캐스팅이라는 것도 호기심을 끈 요인이지만, 그 영화는 내가 굉장히 좋아한 로맨 틱 코미디이기도 했다. 나만 좋아한 것은 아니었기 에 뮤지컬 〈키스 미 케이트〉로 만들어져 몇 번이고 무대에 올랐고, 1999년 히스 레저와 줄리아 스타일스, 조셉 고든 래빗이 신인 시절 출연한 〈내가 널 사랑할 수 없는 10가지 이유〉라는 영화로 현대적 각색이 이루어지기도 했다. 그중 현대적 각색 버전의 줄거리를 소개해보겠다.

고등학생인 비앙카(라리사 올레이닉)는 학교에서 가장 인기가 많다. 그런데 그의 아버지는 고등학교 졸업 전에 이성 교제를 엄금하고 있다. 비앙카에게는 같은 학교에 재학 중인 언니가 있는데, 언니 캣(줄리아 스타일스)은 비앙카와 정반대다. 일단 남학생에 관심이 없고, 언더그라운드 록밴드 음악만 듣고, 페미니즘에 관심이 많다(실비아 플라스의 『벨 자』를 읽고 있다).

캣과 비앙카의 아버지는 걱정이 많다. 혼자 장성한 두 딸을 키우는데, 한 딸은 너무 인기가 많아서 자칫 잘못될까 걱정이고 다른 딸은 너무 남자에 관심이 없어서 아무 일도 안 생길까 걱정이다. 아버지는 묘수를 생각해낸다. 캣이 데이트를 한다면 비앙카도 데이트를 할 수 있다. 결국 비앙카와의 데이트를 원하는 남학생들이 아웃사이더인 패트릭(히스 레저)을 돈으로 매수한다. 캣과 데이트를 하라는 것이다. 암거래를 한다는 둥, 방화범이라는 둥 하는 각종 소문

233

에 휩싸인 패트릭은 돈을 위해 캣에게 접근한다. 둘은 티격태격(거의 모든 로맨틱 코미디는 '티격태격', 이 단어로 정리할 수 있지 않을까?)하다가 서로가 꽤 괜찮은 사람임을 알게 된다는 내용이다. 현대 미국 고등학교의 이야기로 각색되는 과정에서 캣과 패트릭 모두 큰 변화를 겪었다.

원작 『말괄량이 길들이기』에서 무대는 이탈리아 파두아. 이곳에는 여성스러운 데다 아름답기까지 한 미녀가 있으니 그 이름은 바로 바로 비앙카다. 비앙카에게는 언니 캐서리나가 있는데 말괄량이에 입이 거칠어 아무도 구애를 하지 않는다. 캐서리나는 대놓고 결혼하지 않겠다고 하는가 하면, 아버지가 여기 더 있으라고 해도 말을 듣지 않고 "내가 그렇게 일일이 지시를 받아서 행동해야 한담?"이라고 말하는 성격이다. 남자들은 캐서리나가 입을 열 때마다 악마다 마녀다 하며 공포에 질린다.

그녀들의 부유한 아버지 밥티스타는 큰딸의 신랑을 정하기 전에는 작은딸을 결혼시키지 않겠다고 한다. 비앙카에게 구애하고자 하는 호텐쇼는 마침 찾아온 친구 페트루키오에게 캐서리나에게 구애하라고 권한다. 페트루키오의 목적은 이렇다. "아내를 얻고 돈도 벌어보자는 속셈". 호텐쇼는 그에게 말한다. "이만저만한 부자가 아니라네. 그야 물론 소중한 친구인 자네에게 그런 여자를 권하고 싶지는 않지만." 페트루키오는 눈 하나 깜짝하지 않는다. "재산은 청혼의 반주가 될 테니까…… 그 여자가 저 플로렌티어스의 애인같이 박색이건, 백 살 먹은 무당 같은 할망구건, 아니 소크라테스의 아내 크산티페를 뺨칠 정도로 고약한 바가지쟁이건 상관없네."

　2막 1장에서 캐서리나는 비앙카의 손을 묶어놓고 구혼자 중 누구를 좋아하는지 추궁하고 때린다. 아버지가 캐서리나를 혼내자 그녀는 한탄한다. "저 앤 아버지의 귀염둥이니까, 좋은 신랑을 얻어주겠다는 거군요. 저 애 결혼식 날에 난 노처녀답게 맨발로 춤이나 춰야지." 아무래도 캐서리나는 비앙카를 질투하고 있는 듯 보인다. 그때 페트루키오가 등장하고, 캐서리나의 아버지에게 자신이 구혼하겠다고 말한다. 자신이 빈털터리라는 것을 속이고 물려받은 재산이 많은 것처럼 설명한 페트루키오는 캐서리나의 지참금 액수를 확인한다. 그리고 그녀의 사랑을 얻어 결혼하겠다고 호언장담한다.

　페트루키오는 캐서리나를 보자마자 말한다. "아, 케이트 양…… 그런 이름이라고 들었는데." 캐서리나라고 말해도 소용이 없다. 둘은 말다툼을 하는데 페트루키오는 들고양이 케이트를 집고양이처럼 온순한 케이트로 길들이겠다고 선언한다. 캐서리나의 아버지는 자신만만한 페트루키오를 믿기로 한다. 그리고 비앙카를 위한 신랑을 낙점하기 위해 구혼자들의 조건을 따지기 시작한다. 호텐쇼는 비앙카가 루센쇼에게도 관심을 두는 것 같자 이렇게 독백한다. "비앙카여, 당신이 엉터리 사기꾼한테 일일이 눈이 팔릴 만큼 마음이 싸구려라면 좋소, 생각대로 하구려……." 마침내 캐서리나와 페트루키오의 결혼식 날, 페트루키오는 옷을 엉망으로 입고 나타나 결혼식 중에도 거의 행패를 부리다시피 한다. 그러고는 바로 자기 집으로 떠나려고 한다. "내 소유물에 대해서는 내가 주인이니까. 이 여자는 내 소유물이요, 동산이요, 집이요, 살림 도구요, 창고요, 말이요, 소요, 당나귀요, 아무튼 내 것이란 말이오……."

페트루키오는 캐서리나를 길들이기 위해 기기묘묘한 방법을 동원한다. 공연한 트집을 잡아 캐서리나 앞에서 하인들을 두들겨 팬다. 그러면 캐서리나는 하인들 편을 들기 위해 그에게 빌기 시작한다. 일부러 씻을 물을 엎은 뒤 하인이 엎었다며 때리고, 음식이 나오면 트집을 잡으며 하인에게 집어던진다. 하인들은 그 광경을 보며 독을 독으로 다스리는 격이라고 설명한다.

캐서리나가 페트루키오의 말을 고분고분 들어도 페트루키오는 철저한 항복을 받아내기 위해 다짐한다. 배가 부르게 먹이지 않겠다고, 잠을 재우지 않겠다고. 그 모든 것이 아내를 끔찍하게 생각하기 때문인 것처럼 보이게 하겠다고. "이렇게라도 해서 저 미치광이 같은 고집을 바로잡아야 하니 말이야." 그러고는 재봉사가 오자 얌전해지기 전에는 좋아하는 물건을 사주지 않겠다고 다짐한다. 참다못한 캐서리나는 "저도 어린애, 갓난애는 아니에요"라고 항변한다. 그래 봤자 소용없다.

두 사람은 캐서리나의 아버지 집으로 가는데, 대낮에 뜬 태양을 보고 페트루키오는 달이라고 주장하고, 캐서리나가 달이 아닌 태양이라고 하자 말 머리를 돌리게 한다. 그렇게 캐서리나(페트루키오는 여전히 케이트라고 부른다)는 페트루키오가 하라는 대로 하게 된다.

아버지가 있는 집에 도착한 케이트는 비앙카와 루센쇼 부부, 호텐쇼와 그의 동행인 미망인(이름도 나오지 않지만 '아름다운'이라는 수식어는 붙어 있으며, 미망

237

인은 이제 호텐쇼의 아내가 되었다. 그래도 미망인이라고 적혀 있지만)과 만나게 된다. 장인이 페트루키오가 지독한 말괄량이를 얻어 갔다고 하자 페트루키오는 제안한다. 불러서 금방 오는 아내가 순한 아내이며, 거기에 돈을 걸어 내기를 하자고. 비앙카를 부르러 간 하인은 그녀가 바빠서 나갈 수 없다고 전한다. 호텐쇼의 아내는 남편이 장난을 꾸미는 것 같으니 나오지 않겠다며 차라리 남편보고 오라고 한다. 그때 캐서리나가 문 앞에 나타난다. 페트루키오가 승리를 기뻐하자 장인은 축하하며 그에게 추가로 새 지참금을 주겠다고 하고, 페트루키오는 더 보여줄 게 있다고 장담한다. 그는 캐서리나에게 아내가 남편에게 어떻게 해야 하는지 말하라고 한다. 캐서리나의 긴 대사 중에 일부는 이렇다.

> 남편은 우리의 주인이며 생명이고,
> 수호자며, 머리, 군주예요. (중략) 사랑과
> 순종을 가지고 봉사해야 할 경우에 지배나
> 권력을 요구하는 것은 여자로서 어리석고
> 창피한 노릇이에요. 왜 여자의 살결이
> 부드럽고, 약하고, 매끄럽고, 세상의 고된
> 일에는 적합하지 않을까요? 역시 우리의

기분과 맘이 부드러워서 그렇게 육체적
조건과 일치한 것 아닐까요?

　다들 페트루키오의 뛰어난 능력에 감탄하며 극이
마무리된다. 셰익스피어의 시대에 아내의 미덕이 무
엇이었을지 생각하게 된다. 그때는 이런 설정을 폭력
적이라고 생각하지 않았을 것이다. 하지만 현대판으
로 각색된 〈내가 널 사랑할 수 없는 10가지 이유〉에
서 원작의 캐서리나가 완전한 복종을 맹세하며 순종
적으로 바뀌는 대신, 캣이 자신의 모습 그대로 머물
수 있게 그려졌다는 점이 시사하는 바는 분명하다.
　현대의 사랑은 어느 한쪽이 상대에게 '복종'하기
를 요구하지 않는다(라고 생각하기를 좋아한다). 폭력
적으로 상대를 바꿔놓으려는 시도는 더 이상 재미있
지 않다. 페트루키오는 돈이 필요해 캐서리나와 결
혼했고, 이름을 부르고 싶은 대로 바꿔 불렀으며(케
이트는 사랑하는 사이에 만들어내는 애칭이 아니다), 아내
를 '길들이기' 위해 주변에서 시중을 드는 사람들을
두들겨 팼으며 제대로 먹이지도 재우지도 않았다.
아내의 부모님 집에도 가지 않으려고 했다. 이 일이
사회에서 벌어졌다면 이것을 고문이라 부를 것이다.
하지만 가정에서 벌어지면 '길들이기'라고 부른다.

캐서리나의 아버지는 심지어 이 변화를 기쁘게 받아들이며 사위에게 지참금을 더 해준다.

『걸 온 더 트레인』의 상황

폴라 호킨스의 『걸 온 더 트레인』은 에밀리 블런트 주연의 영화로도 만들어졌다. 길리언 플린의 『나를 찾아줘』(데이비드 핀처 연출, 로저먼드 파이크, 벤 애플렉 주연의 영화로 만들어짐), 리안 모리아티의 『커져버린 사소한 거짓말』(니콜 키드먼, 리스 위더스푼 주연의 드라마로 만들어짐)과 나란히 놓고 생각해볼 만한 작품이다.

이 외에도 유사하게 분류할 수 있는 작품은 더 많다. 도메스틱 스릴러로 분류할 수 있는 이 작품들은, 도메스틱, 즉 가정에서 벌어지는 스릴러가 중심에 있다. 가정에서 벌어질 수 있는 가장 끔찍한 일은 외부에서의 침입자만큼이나 내부에 적이 있는 상황일 것이며, (성폭력을 포함한) 가정 폭력, 외도, 살인이 그런 소재가 된다. 무엇보다도 가족들 사이에 숨어 있는 비밀이. 더러운 빨랫감은 어느 집에나 있는 법이다. 그래서 이 작품들은 모두 "완벽해 보이는 가정,

알고 보니 헉" 식의 이야기다. 여러분 안심하세요. 옆집이라고 나을 거 하나도 없답니다.

밖에서 볼 때는 완벽하거나 '보통'으로 보이는 가정들의 속사정. 2010년대 들어 많은 히트작이 나오는 이런 작품들은 대체로 여성 작가가 썼고, 여성이 주인공이다. 영미권의 작품이 많은데, 2008년 미국발 금융 위기의 여파를 겪고 있는 가정들이 등장하기도 한다. 우리가 잘 알고 있다시피, 가정의 경제 위기란 언제나 방아쇠를 당길 수 있는 긴장 요소가 되는 법이니까.

그리고 공통점은 또 있는데, 중심이 되는 여성 캐릭터를 신뢰하기가 굉장히 어렵다. 처음에는 그를 신뢰할 수밖에 없도록 이야기가 진행된다. 주인공은 일인칭 시점에서 상황을 설명하는 경우가 많아 그를 믿지 않고 얻을 수 있는 정보가 없거나, 주인공의 일기가 중요한 역할을 한다. 주인공의 마음을 이해할 것 같다는 생각이 들 즈음 우리가 접하고 있는 정보가 오염되었다는 사실이 분명해진다. 기억상실, 거짓말, 알코올중독 같은 것들. 그들은 자신의 기억조차 믿지 못하고 있거나 아예 기억이 없거나 더 크게는 아예 작정하고 거짓말을 하는 중이다.

애초에 범죄소설에서 사건에 연루된 여자의 말

을 불신하는 것은 드문 클리셰가 아니다. 유혹적인 여자는 누군가가 당신을 엮기 위해 고용한 연기자일 수 있다. 예술 작품에만 적용되는 설정이라고 생각해서는 안 된다. 현실 세계에서 성폭력 사건이 벌어지면 피해자라고 주장하는 여성이 꽃뱀일 가능성이 제기되는 속도를 떠올리면 된다. 여자의 진술은 신뢰할 만하지 못하다는 것은 사회적으로 문화적으로 꾸준하게 이어지는 도시전설에 가깝다. 도시전설로 취급하기에는 실제로 힘을 발휘하니까, 음, 관습헌법 같은 거라고 해야 하나.

〈걸 온 더 트레인〉에서 주인공 레이첼은 알코올중독이다. 통근 열차에 앉아 창밖을 바라보며 특정 집에 사는 부부를 즐겨 관찰하는 그는 그들의 완벽한 가정생활에 대한 공상에 잠기곤 한다. 그러다 어떤 남자와 그 집 아내가 포옹하는 것을 발견하고, 까닭 모를 배신감을 느낀다. 그러다 관찰하는 집 근처에 레이첼의 전남편 톰과 새 아내 애나, 그리고 갓난아이가 살고 있음이 밝혀지면서 레이첼의 불안한 심리가 드러난다. 전남편과 이혼한 이유는 바로 레이첼의 알코올중독과 그로 인한 기억력 감퇴, 그리고 폭력 성향 때문이었다. 아니지, 남편이 새 여자를 만났다. 어쨌든 레이첼은 술을 끊지 못했고, 술을 마신

채 톰이나 애나에게 전화를 건 일도 여러 번이다. 애나의 집에서 보모로 일하며 아이를 돌봐주던 메건은 바로 레이첼이 기차 창밖으로 보던 그 아내다.

그러던 어느 날 또 레이첼은 술을 마셨다가 겨우 깨어나는데, 필름은 끊겨 있고 메건은 살해당했다. 레이첼은 애나를 괴롭히는 일을 멈출 수 있을까. 혹시 레이첼이 메건을 죽인 건 아닌가. 술을 마시면 기억이 끊기는데도 술 마시기를 멈추지 못하는, 당최 신뢰가 불가능해 보이는 화자 레이첼의 이야기가 뒤집어지는 것은, 톰에게서 레이첼이 과거에 술에 취한 상태에서 저질렀다고 들었던 악행에 대한 진실이 밝혀지면서다.

영화에서는 자세히 나오지 않지만, 소설에서는 애나의 심리 묘사에 공을 들인다. 독자가 헛웃음을 짓게 하는 대목들. 애나는 톰이 레이첼과 부부였던 때, 톰이 레이첼에게 얼마나 능숙하게 거짓말을 하고 자신과 바람을 피웠는지 떠올린다. 톰은 거짓말을 잘한다고 자신만만했고, 이렇게 말했다. "레이첼은 바로 어제 일도 잘 기억하지 못하는 사람이야." 애나는 레이첼이 자신의 가정에 얼쩡거리는 게 싫고, 톰도 어딘가 수상하다고 생각하지만, 이내 자신한다. 톰이 아주 능숙한 거짓말쟁이일지라도, 그가 진실을 말할 때 자신은 알아볼 수 있다고. 나쁜 남자라는 사실을 알기 때문에 적절하게 대응할 수 있다고 믿고 파국까지 가고야 마는 수많은 경우가 여기서 또 한 번 반복된다.

레이첼과 애나는 서로를 끔찍하게 싫어한다. 톰이 그들 사이에서 오가며 바람을 피웠고, 이제는 레이첼의 술주정을 받아주고 있기 때문이다. 레이첼은 톰이 원망스럽지만 또한 그에게 미안한 마음을 가지고 있고(그가 나의 주폭으로 고생했으므로), 애나는 톰이 자신을 속일 수 없다고 확신하며 그를 의심하기를 멈춘다(어쨌거나 나는 그와 바람을 피워봤으니 그가 바람피우는 것은 잡아낼 수 있다). 하지만 애나는 자신이 레이첼처럼 되어가는 중은 아닌지 불안해진다. 조심하지 않으면 미쳐버릴지도 몰라. 레이첼은 레이첼대로 메건 살해 사건에 코를 들이밀고 있다. 메건의 남편 스콧(자신이 기차 창문을 통해 오랫동안 바라본 그 남자)에게 접근해 메건을 알고 지냈다고 하며 사건을 해결해보려고 하는 중이다.

레이첼은 자신과 톰의 과거 관계를 떠올린다. 톰은 레이첼이 기억을 하지 못한다면서 자신을 어떻게 때렸는지, 골프채를 휘둘러 벽에 난 구멍을 어떻게 만들었는지 말했다. 레이첼은 술을 마시지 않고 지내며 서서히 과거의 기억을 끄집어낸다. 그리고 톰의 집으로 찾아가 아이와 둘이 있는 애나와 대화를 시도한다. 둘은 여전히 서로를 싫어한다.

하지만 이제 애나는 톰의 가방에 들어 있던 전화기가 죽은 메건의 것임을 알게 되었고, 레이첼은 메건이 죽던 날 밤 그녀와 함께 있던 톰을 본 기억을 떠올렸다. 둘은 대화라기보다는 말싸움처럼 보이는 말을 주고받으며 톰의 거짓말을 하나씩 확인한다. 하지만 애나는 여전히 레이첼을 더 싫어하고, 떠나자는 레이첼의 말을 묵살한다. 레이첼의 독백. '톰의 짝으로 나보다 애나가 훨씬 더 잘 어울린다. 자기 남편이 거짓말쟁이, 살인자라는 사실보다, 그가 자기를 나와 견주었다는 사실이 더 짜증나는 여자니까.'

톰은 모든 게 레이첼의 잘못이고 메건의 잘못이라고 자신 있게 말한다. "당신이 나랑 싸울 때마다 끝까지 안 지려고 했던 거 기억나지? 메건도 그랬다니까." 레이첼과 애나, 메건이 서로 사실을 주고받았더라면 아무도 죽지 않고 끝났을지도 모르는 일이지만, 그들 모두 서로를 싫어했고 다소 우습게 생각하거나 경멸했으며, 그들 사이의 톰은 그 점을 악용해 원하는 것을 얻어냈다.

『걸 온 더 트레인』에서 레이첼은 톰의 말에 휘둘

려 자기 자신의 행동조차 그의 말대로 생각해버린다. 자신의 기억에 없는 일조차도. 그의 상습적 거짓말을 그냥 그대로 믿어버린다. 그것은 애나도 마찬가지였다. 찾아오는 법이 없는 그의 부모님에 대한 이야기 같은 것. 왜 그들은 톰의 말을 그대로 믿었을까. 그를 사랑했기 때문이고, 그가 자신을 사랑하게 하기 위해 그가 말하는 세계 안에 기꺼이 머물기로 결정했기 때문이다. 그의 말을 의심하는 순간 그와의 폭력적인 다툼이나 더 나아가 그와의 결별을 각오해야 하는데, 그러기보다는 그냥 자기가 몇 번 더 참거나 그 순간을 넘기면 되지 않을까 생각하고 또 생각하고 또 생각할 뿐이다.

〈가스등〉에서 벌어진 일, 예로부터 지금까지 이어지는

조지 큐커 감독이 연출한 〈가스등〉(1944)의 주인공 폴라(잉그리드 버그먼)는 유명한 성악가의 조카로, 그로부터 큰 재산을 물려받은 상속자다. 그레고리(샤를 부아예)는 폴라의 유산을 노리고 접근한 뒤 집에 숨겨진 보석을 찾아내려고 한다. 그레고리가 다락방을 뒤지기 위해 불을 켜면 그 때문에 폴라의 방에 있는 가스등 불빛이 흐릿해진다. 폴라가 그레고리에게 이유 없이 흐릿해지는 가스등에 대해 말을 꺼내면, 그레고리는 폴라가 미쳤기 때문에 환각을 본다고 말한다. 남편에게서 히스테리와 신경쇠약을 지속적으로 지적받은 폴라는 실제로도 무기력증에 빠진다.

로빈 스턴은 『가스등 이펙트』라는 책에서 이런 심리를 분석한 적 있는데, '가스라이팅' 혹은 '가스등 이펙트'는 상대를 심리적으로 조종하는 가해자와의 관계를 다룬다. 가까운 사람에게서 인정받고자 하는 소망이 잘못된 상대를 만나 빚는 비극으로, 일과 관련해서는 지적이고 독립적인 사람조차 자신을 하찮게 취급하는 배우자나 애인, 직장 상사나 부모로부터 벗어나지 못하는 경우를 영화 〈가스등〉에 비유해 설명한다.

나의 의견을 기분으로 받아들이는 상대와 대화하기란 쉽지 않다. 큰 그림을 보지 그래? 생리 중이야? 왜 그렇게 예민해? 남들은 괜찮다는데. 대화를 꺼냈다가 자기 자신에 대한 실망으로 대화를 접어본 적 있다면, 가스라이팅이라는 것의 두려움을 이해하기 쉬울 것이다.

그래서 일차적이고 궁극적인 해결책은 그런 상대로부터 멀어지는 것이다. 이성적인 비판을 가장한, 반복적이고 집요한 공격을 하는 사람을 가까이 두지 않도록 조심하라. 만난 뒤 집에 돌아오면서 자기 자신을 반성하고 비판하는 시간을 길게 갖게 만드는 사람이 있다면, 그 기분이 어디서 비롯하는지 따져볼 필요가 있다. 누군가 당신의 판단을 오랫동안 불신하지 않았는지. 상대가 원하는 방향으로 당신이 끌려 다녀온 건 아닌지.

가스라이팅의 가장 대단한 부분이라면 자기 자신에 대한 믿음을 잃게 만든다는 것이다. 보통 상황 조작을 통해 만들어지는데, 분명히 어두워지는 가스등을 정신적인 불안정 때문이라고 몰아가는 식이다. 『걸 온 더 트레인』에서 레이첼이 자신이 술을 마시고 저질렀다는 악행에 대해 남편 톰에게서 듣고 믿어버리는 것 역시 마찬가지다. 그 결과 우울증 혹은 무기력증을 겪게 되며, 자신의 상황을 인지하는 것부터가 어렵다.

객관적인 상황이 상대의 말과 다르다 하더라도, 그 사실을 지적하는 것이 그 관계를 위험에 빠뜨리는 것보다 중요한가? 그냥 사랑하는 사람이, 존경하는 사람이 말하는 이상적인 상에 나 자신을 맞추면 되는 일 아닌가? 다 나를 위해 해주는 말 아닌가? 자신의 피해 내용을 남에게 설득하기도 어렵다. 어느 순간부터는 자기 자신의 능력에 대한 불신이 자기 안에 크게 자라나 있다. 방 가스등이 어두운데 남편이 아니라고 말한다고 다른 사람에게 하소연을 해봐야 집안일이라거나 과민하다는 말을 들을 뿐이다. 나 자신이 피해 사실을 인지하기도 어렵고, 주변에 피해를 알리기도 어렵다.

『언덕 중간의 집』

『종이달』을 쓴 가쿠타 미쓰요의 『언덕 중간의 집』은 세 살배기 딸의 엄마이자 평범한 전업주부인 리사코가 주인공이다. 우연히 형사재판의 보충 재판원으로 선정된 리사코는, 친모가 젖먹이 딸을 욕조에 빠뜨려 살해한 사건의 재판을 지켜보면서 남의 일 같지 않다고 생각하게 된다. 일주일 정도, 리사코는 아이를 맡기고 재판에 다녀오면서 많은 생각을 한다. 그리고 자신이 애써 깊은 곳에 묻어두었던 불안을 자각한다.

남편이 폭력을 휘두른 적은 없다. 언성을 높이거

나 위협한 적도 없다. 이 정도면 무난하고 평범한 부부간의 대화라고, 스스로를 설득해왔다. "하지만 실제로 파란 하늘 같은 남편은 조용한, 온화한, 이쪽을 배려하는 말투로 줄곧 나를 깎아내리고 상처 입혀왔다. 나조차 알아차리지 못하는 방법으로." 그리고 친정어머니와의 관계 역시 비슷한 방식으로 왜곡되어 있음을 인정한다.

그들이 리사코를 증오하기 때문에 벌어진 일은 아니다. (최소한 그렇게 믿고 싶어 한다.) 상대를 깎아내리고 상처 입히고 그렇게 함으로써 자신으로부터 떠나가지 못하게 만드는 방법으로서의 심리 조종. 그런 상대와 잘 지내기 위해 성장기 내내 노력한 결과, 자신은 생각하는 행위로부터 도망쳐 살아왔고, 어머니와 비슷한 패턴으로 자신을 다루는 남자를 만나 결혼했다. 아이도 낳았다. 리사코는 남편을 떠나야 할까.

현대의 여성들이 서로에게 느끼는 딜레마는 이전과는 다른 양상을 띤다. 선택하는 순간 양립이 불가능해지는 많은 것들 사이에서, 자신의 선택을 합리화하고자 하는 욕망을 느낀다.

『걸 온 더 트레인』의 여성들이 서로의 삶을 동경

하거나 비난하는 방식을 보라. 모두 한 사람의 가해자에게 휘둘리면서도, 정작 정보를 주고받아야 할 대상과는 극렬한 거리감을 둔다. 이른바 세상이 참 좋아하는 명제인 '여자의 적은 여자'라는 생각이 뿌리를 내리는 지점일지도 모른다. 『커져버린 사소한 거짓말』에서도 크게 다르지 않으며, 『나를 찾아줘』의 에이미가 다른 여자들을 바라보는 방식 또한 비슷한 데가 있다.

그 갈등을 해소하기 위해 이 작품들이 선택하는 방식을 주목해야 한다. 이성적인 대화는 불가능하다. 특히나 남편이 자신을 가스라이팅해왔다는 의구심에 사로잡혔다면, 무슨 수로 대화를 통해 문제를 해결할 수 있다고 느낄 것인가? 이 작품들은 '이해할 수 없는 타자' 정도로 여성을 인식하는 남성일수록 여성을 동등한 대화 파트너로, 대등한 지성을 지닌 전략가로 인정하지 않는다는 이야기를 반복하고 있다는 점이 중요하다. 남자 감독이 연출한 〈맨해튼 살인사건〉을 보면, 수상한 이웃에 대한 캐럴의 추리에 먼저 귀를 기울이는 사람은 남편이 아니라 최근 이혼한 그들 부부의 남자 사람 친구(남편 래리는 그가 캐럴을 꼬여내려고 한다는 생각을 하고 있다)다.

남자는 잡은 물고기에 먹이를 주지 않는다는 도

시전설. 아내와 보내는 시간을 자랑하기보다는 결혼 생활에 대한 투덜거림이 남자끼리의 어색함을 푸는 가장 좋은 화제가 되는 문화. TV에서 수없이 반복되는, 신혼인 남자에게 주어지는 선배 유부남들의 충고를 보라. 좋은 건 잠깐이다. 어이쿠, 아내가 이 말 들으면 안 되는데. 그런 남자의 태도를 받아들이는 것이 쿨한 여자의 필요충분조건이 된다.

둘 사이에서 대화라고 부를 것이 슬슬 실종되기 시작한다. 자신의 태도를 자신이 완벽하게 납득하지 못할수록, 다른 식으로 살아가는 다른 여성들과의 대화도 어려워진다. 내가 사랑하는 사람에게 사랑받고 인정받고 싶다는 욕구는 어느 순간, 그냥 이 상태를 지켜나가기 위해 인내해야 하는 것으로 바뀌어간다.

전통적으로 여자가 등장하는 모든 전래 동화에서 여자 주인공은 극강의 인내심으로 복을 받았다. 모든 여자들은 그런 동화의 주인공을 꿈꾸는 소녀 시절을 보냈다. 왕자님이 올 때까지 독이 든 사과를 먹고 누워 있거나, 구멍 뚫린 독에 물을 붓거나, 여하튼 신데렐라부터 콩쥐까지 다들 그렇게 인내의 제왕들이었다.

모든 모험은 여자들이 어디로 떠나면서 시작되는 대신, 행운의 존재들이 찾아오면서 비롯된다. 여성들은 투덜거리기보다 인내하는 쪽을 선택한다. 더 이상 견딜 수 없을 때까지. 누군가에게는 남편의 폭력이 그렇고, 바람기가, 거짓말이, 불법 행위가 그렇다. 『걸 온 더 트레인』, 『커져버린 사소한 거짓말』, 『나를 찾아줘』의 궁극적인 공통점은, 여자가 남자를 죽이는 이야기라는 것이다. 그리고 그 살인 행위로부터 처벌받지 않는 이야기들. 〈델마와 루이스〉처럼 세상에서 일탈한 뒤 죽음으로 마무리하는 이야기는 더 이상 없다. 이런 맥락으로 생각하니 옆에 있는 여성을 보며 오싹한 기분이 드는가? 에이, 그건 그냥 당신의 기분 탓이겠지.

당신이 이 책을 좋아했으면 좋겠다

살면서는 내가 늘 평범하다고 생각했다. 지금은 평범한 게 어딨어, 하고 생각하게 된다. 우리 모두가 '인간'이라고 불리지만 인간이라는 명사를 대표하는 한 사람의 인간이 있을 수 없는 것처럼, 나의 경험은 모두 인간이자 여성으로서, 한국인으로서의 것들이지만 내 경험이 인간이나 여성, 한국인을 대표하지는 않는다.

성장기 내내 우리 집은 대체로 가난했는데, 아버지는 돈이 많아 한량으로 살았으면 모두를 더 행복하게 했을 사람이었고, 여성이 공부해서 능력을 펼쳐 보이는 일에 판타지가 있었지만("너희 엄마는 내가 만나본 사람 중 가장 똑똑한 사람이었어, 너희는 지금 모르겠지만 그랬어") 그게 딸과 아내에만 국한되는 게 아니어서 문제를 일으킨 적이 있었고, 결국은 같이 살게 된 외할머니와 어머니, 그리고 한동안 관계가 소원했던 친가 친척들과 결국 거의 연을 끊다시피 하게 된 외가 친척들의 경제적인 도움이 우리 모두를 그나마 살 수 있게 했다. 대학 등록금이 없으면 어머니가 돈을 빌려야 했고, 그 사실을 나도 알게 됐고, 내가 그 사실을 알고 있는 걸 아버지가 알면 또 속상해서 어머니와 싸우는, 그런 상황이었다.

그렇다 해도 나는 부모님을 무서워해 눈치를 보거나 하고 싶은 말을 참은 적은 없었고, 어쨌거나 문화적으로 누릴 수 있는 많은 것들을 단지 서울에 살기 때문에 누릴 수 있었다. 차비도 없어서 고통받던 겨울도 있었는데, 어떻게든 돈이 생기면 광화문 교보문고나 인천공항에 가서 하루 종일 앉아 있기도 했다. 그런 공간은 어딘가로 향하는 문이었다. 서울에는, 대도시에는 그런 공간들이 있기라도 하다.

내 인생에서는 남성들의 도움이 큰 자리를 차지했다. 아버지는 내가 좋아하는 책이라면 만화책도 사다 주었고(『올훼스의 창』 시리즈를 사다 달라고 해서

사온 날 밤, 그게 만화책인 걸 알게 된 아버지의 황당해하던 얼굴이 생각난다), 내가 가고 싶다고 하면 혼자 외국에 가게 해주었다. 두 번 연극 무대에 설 일이 있었는데, 연극 지도를 맡았던 (그리고 전교조가 출범하던 그 시절 전교조에 열성적으로 가담했던) 남자 선생님은 그저 내가 잘할 수 있기 때문에 주인공 '사자' 역을 시켰고, 이듬해에는 가출한 여학생 역(역시 주인공 중 하나였다)을 시켰다. 죽도록 연습해서 무대에 오르고 공연이 끝나면 모든 게 사라지는 기분을 알게 해준 것도 그 선생님이었다. 대학 때 프랑스인 남자 교수님은 남학생이나 여학생이나 다 맞담배를 피우는 것이 당연하다고 가르쳤고, 당시에는 한국에 번역되지 않았던 폴 오스터의 책을 비롯해서, 한국에 아직 들어오지 않은 다른 책들을 빌려주었고, 프랑스어 받아쓰기 시험 때는 프랑스 래퍼의 노래를 틀어주었다. 내가 처음으로 기명 칼럼을 쓸 수 있게 기회를 준 것도, 딱히 경력이랄 것도 없던 내가 처음으로 내 코너를 갖고 라디오 프로그램에 고정 출연을 할 수 있게 된 것도 전부 어른 남자들의 권유로 가능한 일이었다. 그런 일은 다른 무언가를 대가로 하거나, 폭력을 동반하지 않았다.

이 당연해 보이는 일이 누군가에게는 크게 운이

좋아 보이는 일이었다는 걸 나중에야 알았다. 한국에서의 여성이, '평범'하게 경험하는 일에서 나는 얼마나 가까이 있고 얼마나 멀리 있는 것일까.

여성이 아닌 남성이 내게 중요한 기회들을 제공했다고 말하면, '여적여' 같은 시각으로 볼지도 모르겠다. 결국 남자들이 달라져야 여자의 삶이 바뀌는 것 아니냐고. 당연히, 남자들이 바뀌면 여자들의 삶은 개선된다. 집과 일터에서 괴롭히지 않고, 버스나 지하철에서 몸이 닿지 않게 조심하고, 잘 씻고, 능력에 따라 채용하고 기회를 준다면, 같은 일을 하는 같은 직위의 직원에게 같은 임금을 준다면.

더 정확히는 더 많은 사람이 더 행복할 수 있는 물질적인 조건들이 갖춰지기를 바란다. 전쟁터에서처럼 우선순위를 나누어 생존 확률이 높은 사람부터 먼저 기회를 얻지 않았으면 한다. 부유해서, 외모가 빼어나서, 건강해서, 남성이어서 더 나은 조건으로 살 수 있는 게 아니면 좋겠다. 가장 먼저 떠오르는 것은 장애를 가진 사람들이 이동하기 더 편해지면 좋겠다. 한국이 아닌 곳에 처음 갔을 때 내가 가장 놀란 일은 부끄럽게도, 장애인이 많다는 '발견'이었다. 나에겐 그게 발견이었다. 부끄럽게도 그랬다. 성장하면

서 내가 본 장애인은 베트남전에 참전한 상이군인이
었던 친척 어른뿐이었다.

시내버스는 매일 몇 번씩 휠체어나 유모차를 태
우기 위해 정차하고, 운전기사가 내려 탑승을 돕고,
아무도 서두르지 않았다. 그게 한국의 모두에게도
당연한 일이면 좋겠다. 이마저도 내 경험의 한계 때
문에 다 알지 못한다. 우리는 서로의 존재를 더 알아
가야 한다. 언젠가 방송을 하러 갔다 만난 분은 휠체
어를 타고 있었는데, 극장에 휠체어를 타고 들어갈
수는 있는데 나올 수가 없다는 말을 했다. 세 사람이
극장에 갔고 영화를 봤고, 비장애인들이 계단을 내
려가 출구를 빠져나가는 동안 맨 뒷자리, 맨 윗자리
에 있던 자신들은 꼼짝할 수 없었다고. 무거운 문은
열리지 않았고, 청소노동자들이 들어와서야 뒷문을
열고 나갈 수 있었다고. 나는 해본 적 없는 생각이었
다. 나는 내 자리에서 볼 수 있는 것만큼만 경험하고
산다. 그것은 너무 작고 좁은 세계다. 나는 내게 다른
삶의 경험을, 우리가 바꿔야 할 삶의 태도를 알려줄
더 많은 동료가 생기기를 원한다.

우리 다음 세대의 여성들은 남성은 물론 여성, 결
혼이나 노동을 위해 한국에 이주한 사람들, 장애인
인 상사로부터 좋은 기회를 얻어 더 많은 일을 하게

됐으면 좋겠다. 나에게 좋은 기회를 준 남성들이 많았던 이유는, 남성들이 결정권을 가진 자리에 압도적으로 많아서였다. 이제 더 많은 여성들이 오래 일하게 된 지금, 기획과 실행을 결정하는 위치에 여성들이 많아진 지금, 여성들이 돈을 벌고 자신을 위해 쓸 수 있게 된 지금, 당연히 내게 일을 제안하는 사람들의 성별도 바뀌었다. 나를 행복하게 하는 일들을 제안하는 사람, 함께 진행하는 사람 모두, 이제는 여자들이 많다. 물론 이런 변화가, 이제 내가 나이 든 여자가 되어서일지도 모른다는 생각을 하지 않는 것은 아니다. 나의 나이 듦에 대해서는 다음에 더 쓸 기회가 있으리라 생각한다.

아버지는 아버지로는 최고였지만 남편으로서는 개선의 여지가 있었고 사위로서는 더 그랬다. 겉으로 보기에는 사위가 혼자된 장모를 모시고 사는 집이었지만, 내가 유년기를 보낸 아파트는 할머니가 장만한 집이었다. 어머니는 아버지를 (내가 이해할 수 없을 정도로) 사랑했지만 아버지가 어머니에게 그나마 안정적인 애정을 베풀었던 때는 말년의 몇 년 정도였던 것 같다. 나는 초등학교 때 아람단 캠프를 갔다가 남자애들이 요구하는 대로 사진 찍기를 거부했다는 이유로 남자 선생님에게 "너 그렇게 남자 우습

259

게 알다가 큰코다친다"라는 경고를 들었다. 반장이거나 학생회 간부이거나 했기 때문에 캠핑을 가면 안마를 하라고 방으로 부르는 남자 선생님들도 있었다. 가끔은 따로 불러서 나보고 첫사랑하고 닮았다는 이야기를 하는 남자 선생님들도 있었다. 대체 왜 그 이야기를 할까 생각하던 기억이 난다. 왜 굳이 음악실로 따로 불러서 얘기했을까.

아, 갑자기 웃긴 일도 하나 기억이 난다. 한여름에 남쪽 지방으로 당일 출장을 갔었다. 혼자 가서 취재를 하고 올라와야 했는데, 날씨가 끔찍하게 더웠고 두통약을 사러 동네 약국을 찾아보니 '농약'만 팔던 그런 곳에서 아침부터 해질녘까지 대기하다가, 밤늦게까지 일을 했다(야외에서 영화를 상영하는 이벤트였다). 뒤풀이를 가야 한다고 해서 가서 앉아 있었는데, 그 이유는 그 동네 모텔에서 자고 내일 아침에 올라가라는 사람들의 제안이 마음에 들지 않아, 누군가 근처(차로 한 시간 반을 꼬박 달려야 하는) 큰 도시까지 차를 태워줄 수 있다고 해서 그들을 기다리기 위해서였다. 그 시간에 어디든 숙박업소에 들르지 않을 방법은 없었고, 그렇다면 나는 아침 첫 비행기를 탈 수 있는 대도시의 공항과 가까운 모텔에서 두세 시간 눈을 붙이는 쪽이 낫겠다고 생각했다.

결국 나는 비음주 운전자가 모는 차 옆자리에 타서, 뒷자리의 술 취한 남자 세 명의 코골이를 들으며, 〈전설의 고향〉에 나올 법한 안개 낀 시골길을 달렸다. 중간에 소변이 급해진 뒷자리의 세 남자가 국도변에 차를 세우고 소변보는 소리까지 다 들리던 그런 밤이었다. 결국 공항 근처라는 모텔촌에 차를 세우더니, 네 남자들이 걱정을 하기 시작했다. 괜찮겠어요? 차라리 저희와 아침까지 술을 같이 드시는 게 어떻겠어요? 어떻게 젊은 여자 혼자 방을 잡아요? 술을 마시지 않았던, 나와 한 살 차이이던 운전자도 걱정 걱정을 하더니, 여자 혼자 방을 잡는 건 위험하니까 같이 방을 잡으러 가주겠다고 하는 것이었다. 대체 뭐가 어디서부터 이상한 건지 모르겠는 세계였다. 나는 모든 제안을 거절하고 혼자 방을 잡아 씻고 TV 앞에 잠깐 앉아서 졸다가 해가 뜰 시간쯤에 바로 공항으로 갔다.

말하고 보니, 이거 웃긴 일 맞나. 남자들끼리의 일이라면 웃을 준비만 하면 되는 정도의 일일지 모르지만, 젊은 여자가 주인공이 되는 순간 어디서 무슨 일이 생길지 모르는 서스펜스가 되어버린다. 그게 대체로 평범하다는 여자들이 자기 인생의 순간들을 돌아볼 때 갖는 생각이다. 부디 바라기는 이 책이 한국의 1990년대와 2000년대를 살아온 사람들에게 읽는 즐거움과 공감의 원천이 될 수 있기를.

어른이 되어 더 큰 혼란이 시작되었다

초판 1쇄 발행 · 2017년 4월 30일
초판 7쇄 발행 · 2019년 1월 30일
개정판 1쇄 발행 · 2022년 5월 20일

지은이 · 이다혜
펴낸이 · 조미현

책임편집 · 박이랑
디자인 · 나윤영

펴낸곳 · (주)현암사
등록 · 1951년 12월 24일 (제10-126호)
주소 · 04029 서울시 마포구 동교로12안길 35
전화 · 02-365-5051 팩스 · 02-313-2729
전자우편 · editor@hyeonamsa.com
홈페이지 · www.hyeonamsa.com

ISBN 978-89-323-2212-4 (03810)